水《みず》無《なし》川《がわ》

小杉健治

この作品は、集英社文庫のために書き下ろされました。

目次

水無川
みずなしがわ

第一章　翳

1

水無川《みずなしがわ》を渡り、川沿いの水無川通りを突っ切って、駅前商店街を抜け、片町通り交差点を左に折れる。真壁義彦《まかべよしひこ》は片町通り商店街を国道二四六号線のほうに曲がった。

「引っ越そうと思うの」

川島夏美《かわしまなつみ》が切り出したのは二ヶ月ほど前だった。彼女は渋谷区幡ヶ谷《はたがや》のマンションに住んでいた。

彼女はひとりで新宿から小田急線に乗ったのだと話した。緑が多くなり、山が見えてきたとき、穏やかな気持ちになっていた。新宿から一時間ちょっと経った頃で、都心から離れたという安心感が生じていたのかもしれない。夏美はホームに着くとすぐに電車を下りた。

「北ロータリーを出たらきれいな川に出たの。水無川って書いてあったわ。素敵な名前だと思って……。秦野《はだの》だったら、あなたのところからそう遠くないでしょう」

真壁は小田急線の鶴川《つるかわ》から歩いて十分ほどのアパートに住んでいる。

「どうせなら、いっしょに暮らさないか」

真壁はためしにきいてみた。

「まだ、無理よ」

真壁もまだ夏美といっしょになるという踏ん切りがついたわけではなかったし、夏美もまだ正式に離婚をしたわけではない。

それから一ヶ月後の九月に入って、夏美は秦野市にアパートを借りて引っ越しをしたのだ。

本町《ほんちょう》四ツ角の交差点を突っ切ると、右手にファッションプラザ・パシオスの建物が見えてきた。一階は『秦野生鮮館』というスーパーだ。

その建物の隣にある共有の駐車場の角を右に折れると、真正面に本町公民館が見え、左手にジャスコがあった。

夏美の借りたアパートは公民館に出る手前の奥まった場所にあった。築十五年は経っているが、家賃も手頃だったらしい。二階建てのアパートで、外階段を上がった二階の奥に夏美の部屋があった。

階段に足をかけたとき、子どもの泣き声が聞こえた。裏にある一戸建ての家からのようだった。

夏美の部屋の前に立ち、ドアチャイムを鳴らして待っていると、隣室のドアが開いた。四十歳ぐらいの痩《や》せぎすの男が出て来た。古びた白の開襟シャツに皺《しわ》のよった黒いズボン。みすぼらしいという感じではないが、着るものに無頓着《むとんちゃく》のようだ。

男の顔が見えた。眼窩《がんか》は窪《くぼ》み、尖《とが》った岩のように頬骨《ほおぼね》が突き出ていた。濃い翳《かげ》の生じた顔は、暗く沈み、呻《うめ》いているように思えた。

目が合ったが、男は真壁を見てはいなかった。虚《うつ》ろな目というわけではないが、他人を寄せつけまいとするかのように鈍く光っていた。

男を見送っていると、目の前のドアが開いた。

「どうしたの」

真壁の視線を追って、夏美が不思議そうにきいた。

「あのひと、何なのだ」

「どうして？」

「ずいぶん暗い感じのひとだ。こっちまでが暗く沈んで行くようだ」

真壁は無意識のうちに緊張していたことに気づいた。それほど、あの男に得体の知れぬ不気味さを感じたのだ。

「薄気味悪いな。あんな男が隣にいるなんて心配だ」

「野口さんって言うんだけど、悪そうなひとではないみたい。さあ、入って」

野口という男を庇《かば》うように彼女は言った。

夏美の部屋は六畳に四畳半、それにダイニングキッチン。カーテンの色や花瓶の白い花や小さな置物にも女性らしさがあるが、どこか温《ぬく》もりに欠けるような気がする。

テレビの上に娘の写真が飾ってある。あどけない顔で笑っているのはまだ三歳頃のものだ。娘の亜依《あい》は今、七歳になるはずだ。

「いつやって来るんだい?」

写真から、真壁は夏美に顔を向けた。彼女はあやふやな笑みを見せた。

「どうしたの?」

「一泊の許可は出たんだけど」

夏美の声が小さくなった。

「亜依ちゃんが帰りたがらないのか」

今、亜依は八王子にある児童養護施設にいる。

「ううん。自信ないの、私が」

そう言って、彼女は自嘲《じちょう》気味に笑った。

夏美は三十二歳。夫が三年前に家を出て行った。それから、夏美の人生が狂い出したのだ。

取材で訪れた養護施設で夏美と会ったのは一年前のことだった。内川大樹《うちかわだいき》のことがなければ、決して出会うことのないふたりだった。

内川大樹。真壁が赴任した小学校で担任となったクラスの生徒だった。両親が離婚をし、入学当時は母親とふたり暮らしだった。

彼が顔に痣《あざ》をこしらえてくるようになったのは小学二年になった頃からだ。

「どうした、その痣は？」

「なんでもないです」

彼は俯《うつむ》いて言った。

二日後、今度は唇が腫《は》れていた。喧嘩《けんか》をするような子には見えないが、唇の腫れは殴られた跡のようだった。

「ずいぶん腫れているぞ。この前から、いったいどうしたんだ？」

「転んだんです」

彼は小さな声で答えたが、目はこっちを向いていなかった。

二年の一学期頃から、彼は暗い感じの子どもになっていた。仲間が誘っても、遊びの輪に入ろうとしなかった。なんとか仲間に加わるようにクラスの生徒にも協力を求めたが、彼は自分の殻に閉じこもってしまった。

真壁はまたも襲い掛かってきた慙愧《ざんき》の念を振り払うように夏美を抱きしめた。肌の温もりに安らぎを覚える。そのままじっと嵐の過ぎ去るのを待った。それは彼女も同じなのかもしれない。

やがて、彼女はほつれ毛をかきあげて真壁の胸から離れた。流しに向かう彼女の背中がなんとなく小さく思える。

「お風呂、沸いているから入って」

彼女が言った。

「着替えを出しておくわ」

風呂から出ると、テーブルに手料理が並んでいた。真壁の好物の肉じゃがもある。ビールで乾杯をし、彼女はグラスを片手に秦野での暮らしぶりを語った。

「なにしろ空気がおいしいの。きれいな空気って心の滓《かす》も溶かしてくれるのかしら。それに水。秦野市って全国名水百選指定の地ですって」

秦野市は神奈川県の中部西寄りに位置する。東に厚木市と伊勢原市、東南は平塚市などと接している。

「明日、秦野市内を散策しましょうよ。いいところがたくさんあるの」

秦野市の観光ガイドのパンフレットを見せる彼女の声は弾んでいたが、どこか無理しているように思えた。

市街地の北部は丹沢大山国定公園で、秦野駅と隣の渋沢駅が丹沢の登山口になっている。

「鶴巻温泉、知っている？」

「行ったことはないけど」

真壁は口に含んだビールを呑《の》み込んでから答えた。

「日帰り入浴も出来るんですって。明日、弘法山《こうぼうやま》のハイキングに行って、その帰りに寄ってみましょうよ」

弘法山は「神奈川の景勝五十選」や「花の名所百選」にも指定されている。

彼女は楽しそうに語るが、寂しそうな目はごまかしようがない。その寂しさは子どものことだけでなく、まだ失踪《しっそう》した夫のことが忘れられないからだろう。

彼女の夫はなぜ夏美と子どもを捨てたのだろうか。夫に去られた彼女は、今度は自らの手でわが子を追い出してしまう結果になってしまったのだ。

見た目の彼女はやさしそうで、よい母親に思える。内川大樹の母親も同じだった。また も、大樹のことに思いが向いた。

家庭訪問や個別面談で会うときの母親は穏やかな雰囲気で、大樹を包み込んでいるような温もりを感じさせた。

「大樹くん。最近、目や唇のまわりに痣をこしらえてくることがあるのですが、何かあったのでしょうか」

個別面談のとき、母親に訊《たず》ねた。

「もう暴れん坊で、そそっかしくてしょうがないんです。階段から落ちるし、樹に上って枝が折れて怪我《けが》をしたり」

母親は困ったように言う。

「学校ではおとなしくて、休み時間も教室で過ごしているようですが、お家ではそんなに活発なんですか」

「学校でおとなしいぶん、家でストレスを発散させているのでしょうか」

確かに、大樹は他人と協調して遊ぶことの出来ない子だった。が、ほんとうは遊びに加わりたかったのではないだろうか。

それから数日して大樹は学校を休み出した。連絡帳には風邪《かぜ》のためとあった。クラスの子が家に連絡帳の返却に行っても顔を出さないという。

欠席が十日も続いたとき、真壁は大樹の自宅に行ってみた。

「風邪をこじらせて寝ているんです」

母親は笑みを漂わせて言った。その表情に深刻さはなく、眠っているので会えないという言葉をそのまま信じた。このとき、心配したのは不登校ということだった。

青少年の社会的引きこもりが問題になっている。おとなになっても仕事をせずに家の中に閉じこもって社会に出られない若者が増えている。そのきっかけになるのが不登校だ。

「学校へ行くのをいやがっているのではないのですね」

「そうですね」

彼女は曖昧《あいまい》な言い方をした。

『弘法の里湯』っていう公営の日帰り温泉もあるのよ。石造りとヒノキ造りの浴室ですって」

夏美の声で我に返った。

「よし、行ってみよう」

そう言うと、夏美はうれしそうに笑い、グラスを口に運んだ。

その笑顔は長く続くことはない。常に心の奥に亜依のことや夫のことがあるのだろう。

「一泊だったら引き取ってみたら」

真壁がさりげなく言うと、一瞬だけ夏美の目に険しい色が浮かんだような気がした。

「そうね。そうしてみようかしら」

そう言ったあとで、

「そうそう、わさび漬けを買っておいたの。食べる？」

立ち上がった彼女は話を逸《そ》らしたようにも思えた。

翌日も天気がよかった。十時過ぎにアパートを出た。

バスに乗らず、水無川沿いを河原町《かわらまち》まで歩き、さらに河原町の交差点を過ぎると、弘法山公園への入口に出た。ハイキング客の姿がちらほら見える。

権現山《ごんげんやま》への山道に入り、真壁と夏美は肩で息をしながら登って行った。急坂を二十分ほどで山頂に辿《たど》り着いた。

広場になっている。涼しい風を受け、真壁は深呼吸をした。夏美も手を広げ、いっぱいに空気を吸っている。

真壁は彼女の横顔に目をやった。高い鼻梁《びりょう》に小さな口許。寂しそうな表情だ。俺は、この寂しげな表情に惹《ひ》かれたのかもしれないと思った。

内川大樹の母親に翳は見られなかった。

大樹の欠席が一ヶ月近く続き、改めて家を訪問した。出て来たのは若い男で、アルコールの匂いがした。昼間から酒を呑んでいたようだ。

「大樹くんのお母さまはいらっしゃいますか。大樹くんの担任の真壁と申します」

「先生ですか。大樹がお世話になっております。大樹の父親です」

「お父さん？」

どう見ても二十そこその男が父親だとは思えなかった。

「血はつながっていませんが」

真壁の疑問を察したように、大樹の父親が付け加えた。

「失礼しました。じつは大樹くんが学校に来なくなって一ヶ月近くになるんです。風邪をこじらせたそうですが、その後どんな様子なのでしょうか」

「別に心配ないですよ」

アルコールの匂いを発散させて言う。

「そうですか。それはよかった。ちょっとお目にかかりたいんですが」

「本人がだれにも会いたくないって言うんですよ」

「どうしてでしょうか」

「病気でやつれた姿を見られたくないんじゃないですか」

父親は笑っている。

「いつから学校に行けると、お医者さんは言っているんですか」

「さあ。母親じゃないとわからないな」

急に投げやりな態度になった。

困っていると、大樹の母親が戻って来た。

「あら、先生」

「大樹くんの様子を見にきました。いつから学校に来られるようになるのか、教えていただけませんか」

「そのうちに行けるようになります」

「そのうちと言うと？」

「わかりませんよ」

母親は澄まして言う。

「かかっているお医者さんはどこですか。私からきいてみます」

「先生。よけいなお節介はやめてくださいよ」

父親が顔をしかめて言った。

「不登校だったら、なんとかしなければなりません。大樹くんの声だけでも聞かせていただけませんか。大樹くん」

呼びかけてから、耳を澄ました。大樹の声は聞こえてこない。広い家ではない。大樹に真壁の声は聞こえているはずだ。ふとんの中で、大樹がじっと息を凝らしている姿が想像された。

母親は涼しい顔をしていた。違和感があった。何かおかしい。しかし、それ以上踏み込むことがためらわれた。

子どもたちの声が聞こえた。夏美が声のほうに顔を向けた。真壁もつられて見た。地域の子ども会か、何かのサークルなのか。リュックを背負った母親と子どもたちのグループが弁当を広げていた。

母親と子どもたちをどんな思いで見ていたのか、夏美はさっと視線を外した。

「今度、亜依ちゃんといっしょに来よう」

そう言って、夏美を見ると、彼女は別の一点に目を向けていた。それは釘付《くぎづ》けになっているという感じだった。真壁はその視線の先を追った。

「あれは……」

思わず声を発した。木の根っこに腰を下ろしている男がいた。野口だった。

「何しているのかしら」

夏美がぽつりと言う。

野口はペットボトルを持っていて、ときたま口に持っていく。ひとりだ。連れはいないようだ。

「あんなところで何をしているのだろう」

この山頂にいるハイキング客とはまったく異質の存在だった。完全に浮き上がっている。場違いな場所にいる男を、薄気味悪そうに見ているグループもいた。

野口を気にしながら、彼女は展望台に上がった。

秦野市街が一望出来た。富士山がそびえて、鍋割山《なべわりやま》、塔ノ岳《とうのたけ》、三ノ塔が連なっている。

「あそこが秦野駅でしょう。あの辺りがアパートよ」

夏美が高い建物の横のほうを指さした。

反対側にまわる。

「海よ」

隣で、若い女性が連れに説明していた。真壁もつられて見る。その向こうが平塚市で、さらに相模湾《さがみわん》が望める。

「下りましょうか」

夏美が階段に向かった。

下りると、まだ野口は同じ場所にひとりでいた。

夏美は立ち止まって、野口を見ている。わけもなく苛立《いらだ》ってきた。

「さあ、行こう」

「ええ」

行き掛けて振り向くと、野口が立ち上がったところだ。

「あのひと、泣いているように見えたわ」

「まさか」

野口はゆっくりした足どりで、弘法山のほうに去って行った。

「行きましょうか」

野口の姿が視界から消えて、夏美が気を取り直したように言い、さっさと歩き出した。向かった先に歌碑が建っていた。


生くることかなしと思ふ山峡《やまかい》ははだら雪ふり月照りにけり

真壁は夏美の隣に立って、歌碑を見た。

「前田《まえだ》夕暮《ゆうぐれ》だ」

思わず、真壁は呟《つぶや》いた。

「前田夕暮？」

夏美がきいた。

「明治から大正、昭和にかけての歌人だ。若山牧水や北原白秋などと並び称された。そうか、秦野市の出身だったな」

「へえ、そんなえらいひとなの」

夏美は興味をひかれたように歌碑に見入っていた。

「数年前、山中湖に行ったときに歌碑を見たことがあった。すごく印象に残ったんだ」

真壁は記憶を手繰って口に出した。

「富士おろしひょうびょうと吹き凍りたる湖《うみ》のもなかに波青くあがる」

「よく覚えているのね」

「気にいって覚えたのさ」

山中湖には当時付き合っていた女性と行った。そのことを思い出して、苦いものが胸に広がった。

2

「……つまり、船の速度が時速十キロ、川の流れが時速三キロだとすると」

真壁は進学塾のアルバイトで小学生に算数を教えていた。

真壁が勤務をしていた下町の小学校と違い、こちらのほうは私立中学を受験する子が多かった。

みな真剣な眼差しで、真壁の説明を聞いている。子どもの数が減り、来春の小学校卒業生が前年より減少するにも拘《かか》わらず、私立中学の受験生は増える見通しだ。

「何か質問がありますか」

真壁はみなの顔を見回した。

「ないようでしたら、これに関連した問六の問題を考えてみてください」

そう言ってから、真壁は椅子《いす》に腰を下ろした。

三年半前までは小学校の教壇に立っていたのだと、真壁は小さな狭い教室を見回した。

大樹は、二学期が始まっても学校へ来なかったので、真壁はまた大樹の家に行った。クラスの子にきいてみても、大樹とは誰も会っていないのだ。

母親が出て来て、大樹は寝ているという。

「お母さん。大樹くんに会わせてください」

「お断りします。大樹は誰とも会いたくないんですよ」

「お医者さんを教えてください」

「先生には関係ありません。帰ってください」

おとなしそうな母親という印象を一変させて、彼女は目をつり上げて言った。

母親を振り切って奥の部屋に行ってみようかとも思ったが、あとで学校に苦情を言われそうでためらった。

引き上げるとき、隣家の主婦と出会ったので、それとなく大樹のことをきいてみた。すると、主婦が妙なことを言った。

「最近はなくなりましたが、以前は大樹くんの悲鳴がよく聞こえてきたわ」

児童虐待の可能性を示唆した。顔の痣を思い出したが、親が子どもに暴行を働くということが俄《にわか》に信じられなかった。ましてや、大樹の母親はやさしそうな女性だったのだ。

ところが、真壁の描いたのとまったく違う母親の姿を近所のひとたちから聞くことになった。

「だいぶ以前から、お母さんの怒鳴り声と子どもの悲鳴が聞こえてましたよ。近所では、虐待じゃないかしらって話していたんです」

昼間子どもを見かけると顔に痣をこしらえていた。思い余って近所の主だった者が大樹の家を訪れたことがあった。すると、子どもが悪さをして叱《しか》っていたのだと母親は涙ぐんで言った。その姿には子どもへの愛情がほとばしっていて、虐待などとは無縁に思えたという。

だが、その後も母親の怒声と子どもの悲鳴は止《や》むことはなかった。再度家を訪ねると、母親は躾《しつ》けだと言うだけだった。

子どもも親をかばっているのか、殴られたとは言わなかった。

ところが、ここ一ヶ月、怒声も悲鳴も聞こえなくなった。落ち着いたのかと最初は安心したが、姿を見ないので不審に思っていたらしい。

大樹くんは二学期になっても学校に来ていません、と言うと、彼らは驚きと同時に暗い表情になった。内川の家に医者の出入りしている気配はないとも言った。

真壁は校長に内川大樹のことを相談した。

「虐待かどうかはわからない。が、内川大樹が不登校児童であることには変わりない。もう一度、ご両親と話し合ってみてください」

校長の消極的な態度に不満を覚えたが、確かに虐待という証拠もない。校長の言葉にも一理あるので、真壁は改めて両親に会いに行った。

父親が七時過ぎに帰ってくるというので、七時半に訪問し、玄関先で父親と母親に会った。またも父親はアルコールの匂いをさせていた。

父親は二十二歳。建築業ということだが、近所のひとの話ではあまり仕事をしていないようだという。

「大樹は引きこもっていて外に出ようとしないんですよ」

父親は赤ら顔で言った。相当呑んでいるようだ。

「どこか専門家に相談されましたか」

「いえ。どこに相談していいのかわからないんです」

母親は俯いて言う。

「一度、大樹くんと話をさせていただけませんか」

「無理です。そんなことをしたら、暴れるだけです。そっとしておいてください」

「暴れる？」

あの大樹が暴れることがあるのだろうか。

「暴れますよ」

目を逸らして、母親は言った。

「じゃ、どこに相談したらいいか調べて、あとでお知らせしますから、必ず相談なさってください」

「わかりました」

「先生、うちのばか息子のために何度も来てもらってすみませんね」

父親がにやにや笑いながら言った。

その後、カウンセラーを紹介したのだが、両親がそこに足を運んだ様子はなかった。校長に相談したが、もう少し様子をみようと言うだけだった。

あのときが最後のチャンスだったのかもしれない。強引に大樹の寝ている部屋に飛び込んで行くべきだったのだ。

真壁は両親が教師だったせいか、自分も教師になることを自然に受け入れていた。教師になって最初の赴任先の学校では、いじめの問題や落ち着きのない子どもたちによる学級崩壊などに直面した。が、なんとか乗り越えてきた。

そして、二度目の赴任先で、内川大樹の担任となったのだ。小学校の統廃合によって人数の増えた学校だった。校庭も広く、体育館も大きくて、子どもたちがのびのび過ごせるような学校に思えた。

クラブ活動ではバドミントン部の顧問になり、子どもたちといっしょに遊び、勉強していくという姿勢で、ようやく教師としてやっていく自信が生まれていた。

一年から担任になったクラスに内川大樹がいたのだ。そして二年生に進級した頃から大樹の様子がおかしくなっていった。

またも苦いものが込み上げてきて、真壁は胸をかきむしった。

児童虐待という言葉はいつから登場したのだろうか。教師になった当時、真壁はその言葉を知ってはいたが、切実な問題として受け止めてはいなかった。

荒れる学校と言われた時期があった。落ち着きのない児童が増え、まともな授業が出来ない。いわゆる学校崩壊、学級崩壊という言葉が当たり前のように口に出されるようになった。

ふたつめの学校で真壁が担任となったクラスは学級崩壊などとは無縁であった。四十分授業で、ときには立ち上がったり、隣同士や前後でおしゃべりをはじめてしまう児童もいたが、授業が成り立たないということはなかった。

また、不登校の児童もいなかった。喧嘩のようなものはあったが、いじめなどもなかった。そういう意味では健全な学校であり、クラスだったと思う。

ただ、児童が下校途中に通りがかりの若者に殴られたり、連れ去られそうになったりと、犯罪に巻き込まれるケースが増えてきて、それらの対策に学校も乗り出さなくてはならなくなっていた。

そういう中での内川大樹の事件だった。大樹が親の虐待を受けている可能性が高くなったが、校長の態度は煮え切らなかった。

学校がこういう問題に介入しないほうがいいという校長の言葉に従うしかなかった。介入に失敗すると、親が学校に不信を持ち子どもの登校を拒否するようになってしまいかねないという理由だった。が、すでに親に学校への信頼などなかったといってよい。

児童相談所に連絡したのは、大樹が学校に来なくなって四ヶ月近く経った十月の初めだった。

児童相談所の職員も内川の家を何度も訪問しながら親の拒否に遭って大樹に会えなかった。虐待の証拠はない。親が我が子を虐待していると言うわけがなく、いつも虚《むな》しく引き上げてくるだけだった。

真壁は児童相談所の職員になんとかならないのかと迫った。

「児童福祉法第二十七条に基づいて親から引き離し、保護することが必要だと判断した児童に施設入所や里親に預ける措置をとることが出来ますが、この場合には親権者か後見人の同意が必要なのです。あなた方のやっていることは虐待だから保護が必要なのですと諭しましたが、激しく食ってかかってきました」

「他に手立てはないのですか」

「児童福祉法第二十八条を使えば、家庭裁判所の承認を得て、親権者や後見人の同意がなくても福祉施設への入所が可能ですが、家裁で審判が行われるまでに時間がかかります」

ようするに親の存在は相当大きいということだ。たとえ、子どもの命が危殆《きたい》に瀕《ひん》していたとしても、親に無断で何も出来ないということか。そんなのおかしいじゃありませんかと訴えると、職員は「一時保護がありますが」と答え、苦渋に満ちた顔で付け加えた。

「一時保護は両親の同意を必要としない措置です。家庭に置くと生命に危険があるときや人権を侵害されていると判断した場合に適用されるのですが、今の状態では一時保護の対象になるかどうかわかりません」

「家の中に踏み込んで行くことは出来ないのですか」

「出来ないことはないのですが、却って悪い結果になる場合もあります。一時保護の場合でも、子どもが引き離されることに抵抗する親ともめることが多いんですよ」

「じゃあ、どうすることも出来ないのですか」

「命にかかわる状態で救急車で病院に運ばれたら虐待が発見出来るのですが」

ようするに、親が虐待はしていないと言えばどうすることも出来ないのだ。そうやって手遅れになっていったのだ。

警察にも相談したことがある。が、警察が事情をききにいったとき、虐待なんかしていない、躾けをしていただけですという母親の言葉を鵜呑《うの》みにし、問題なしとしてそのまま引き上げてきた。

そのことを聞いて、真壁は絶望感に襲われた。

止むにやまれず、真壁はもう一度内川の家を訪れた。

「児童相談所でも、大樹くんのことを心配しているのです。ちょっと大樹くんに会わせてくれませんか」

「あんたたちは俺らが子どもをいじめているとでも思っているのか」

若い義理の父親が血相を変えた。夜だというのに、小さなレンズのサングラスを鼻にかけて、上目遣いに真壁の顔を見た。

「あの子が外に出たくないと言っているんです。それをへんなふうにねじ曲げないで」

母親までが迷惑そうに言う。

「じゃあ、一目でいいですから大樹くんに会わせていただけませんか」

真壁が強引に奥に行こうとすると、突然父親が声を荒らげ行く手を制した。

「やめろ。勝手な真似《まね》するな」

父親は目が据わっていて、恐怖心さえ起こった。

母親はにやにや笑っているだけだ。

真壁は引き上げざるを得なかった。これまでにも何度か、大樹を救う機会はあった。このときも強引に奥の部屋に行っていれば最悪の事態を免れたかもしれない。

それから一ヶ月後に、内川夫妻の大樹に対する虐待が明るみに出た。が、そのきっかけは児童相談所の職員の言ったとおりだった。

大樹の母親がぐったりした息子の異常におののいて救急車を呼んだのだ。救急病院に運び込まれた大樹はすっかり衰弱し、骨と皮だらけ。栄養失調だけでなく、肋骨《ろっこつ》にもひびが入っていた。

病院は患者の状態から虐待の可能性を見いだして警察に連絡した。このことから新聞にも載ることになった。

大樹は手遅れだった。大樹の顔に痣や疵《きず》を見つけてから半年後の出来事だった。自分がしっかりしていれば大樹を助けることが出来たのではないか。真壁は自分を責めた。

しかし、真壁にほんとうの試練が押し寄せるのはそれからだった。

この事件で、鬼のような父親と母親が逮捕されたことをマスコミは大きく報じた。両親に対して怒りを向ける一方で、何の手助けも出来なかった周囲の者たちへの非難も凄《すさ》まじかった。とくに、担任の真壁への攻撃は予想をはるかに超えたものだった。虐待を見過ごした無責任教師という非難がＰＴＡだけでなくマスコミからも起こった。

胸が息苦しくなって、真壁は立ち上がった。小さな教室を見回す。ノートに式を書いている子、頭を抱えている子、それぞれに問題と闘っている。

過剰と思えるほどの攻撃の中心は、責任を真壁ひとりに押しつけようとする者たちではと疑ったが、真壁自身にも後悔の念は強かった。なぜ、もっと踏み込めなかったのかと、自分を責める気持ちは日増しに高まった。

無責任教師の烙印《らくいん》を押された。保護者会でも、親たちの攻撃を一身に受けた。

「顔に痣や疵《きず》をこしらえて来ているんですからよほどのことがあったと、どうしてそのとき思わなかったのですか」

「あまりにも鈍感だ。無責任だ。何度も自宅を訪問したと言うが、結局何もしていないと同じだ」

「先生さえふつうに対応していれば殺されずに済んだんです」

授業をしていても、内川大樹のことが蘇《よみがえ》り、授業どころではなくなった。親たちの要求で担任を外された。そして、真壁は教諭の道を去ることになった。

教諭仲間は責任はないと言ってくれたが、真壁は自分が許せなかったのだ。静岡の実家に帰り、毎日を無為に過ごした。

心の傷は癒《い》えることはなかった。何かをしようとしても、必ず内川大樹の骨と皮になった姿が目に浮かんできた。

真壁の父も母も教諭だった。父が何も言わなかったのは言うべき言葉が見いだせなかったのか、それともやはり父も、担任だった真壁を非難しているのか。

大樹の葬儀の席で、真壁に向ける周囲の視線には刺《とげ》があった。実家にいても、そのときのことが脳裏から離れなかった。それでも、緑の中での半年間の生活により徐々に傷口も癒えていったように思えたが、ある日の新聞記事がたちまち傷を抉《えぐ》ったのだ。

子ども虐待死の親に懲役三年という見出し。すぐ内川大樹の事件だとわかった。そして、その二日後に大学時代の友人から電話が入った。

「事件の体験をまとめて本を出してみないか」

友人の話は予想外のことだった。彼の知り合いに出版社の編集者がおり、真壁のことに興味を持ったのだという。

「君が友人だと話したら、ぜひ書いて欲しいと言うんだ」

いつまでも逃げていては立ちなおることは出来ない。苦しくても、こっちから向かって行ったらどうだという友人の言葉に最初は反発したものの、数日経ってから気持ちが変わって来た。

このままでは何にもならない。向かい風に立ち向かってこそ、新たな出発が出来る。二度と内川大樹のような不幸な子を出さないためにも、子ども虐待の実態を世間に訴え、問題解決に少しでも手を貸そう。そういう気持ちになったのだ。

なぜ、親がわが子を虐待するのか。真壁にとってはまったく理解出来ない心の闇《やみ》に向かっていく決心がついたのだ。

いや、それだけではない。問題が発生したとき、真壁をスケープゴートにし、誰も責任をとろうとしなかった学校や世間に対して敢然と立ち向かって行きたいと思った。ノンフィクションライターになって、教師の道を奪い取った理不尽な社会を見返してやりたいと闘志を漲《みなぎ》らせたのだ。

真壁は時間を見た。予定の十五分をだいぶ過ぎていた。

「はい。止《や》めて」

あわてて真壁は声をかけたが、皆がしらけた顔を向けていた。

仮名であったが、内川大樹のことを書いた本は二年前に出版されて、一部では評判をとった。そして今、雑誌のライターの仕事をしながら第二弾の執筆にかかっている。それだけでは食べていけないので、週に三度、この塾でアルバイトをしているのだが、必ずしも真壁にとっていい状況にはなかった。

現実は厳しかった。内川大樹の死を乗り越えるには辛い現実から目を背けず、そこに向かって突き進むべきだと悟って体験を本にしたものの、未《いま》だに大樹の死が心を縛っていた。授業中も、ふとしたことで大樹のことを思い出し、授業が疎《おろそ》かになったりすることがあった。そのことは生徒に指摘されるまで自分でも気づかなかったことだ。

今も生徒の冷たい視線を浴びている。負けてはならないのだ。そう自分に言い聞かせ、真壁は必死に問題の解答の説明に入った。

3

起き上がったものの、頭が重く、体もだるかった。朝食をとる気にもならず、椅子に座ったまましばらくテーブルに突っ伏していた。

会社に行く時間になって、やっと顔を上げた。秋の陽射しが写真立てに反射していた。立ち上がり、夏美は写真に手を伸ばした。亜依が三歳のときのものだ。

亜依は今、八王子にある『愛甲園』という児童養護施設にいる。

愛甲園を訪ねたのは二週間ほど前だ。門を入ったとき、子どもたちの声が聞こえて来た。足を止め、亜依の声が交じっていないか確かめるように耳を澄ます。

ロビーで待っていると児童指導員の桜井がやって来た。三十半ばのきびきびした感じの男性だ。

「これ、皆さんでどうぞ」

夏美は秦野市の名産である落花生の詰め合わせを土産《みやげ》に持って行った。

「すみません。ありがたく頂戴《ちょうだい》しておきます」

亜依の様子を聞き終わったあと、桜井から亜依の一時帰宅を勧められたのだ。夏美がちょっと躊躇《ちゅうちょ》すると、

「亜依ちゃんもお母さんに甘えたいのですよ」

「だいじょうぶでしょうか」

「だいじょうぶです。とりあえず最初は一泊。二日間だけいっしょにいてやってください」


先日、真壁からも引き取ったらどうかと言われたが、自信がない、怖いのだ。

夏美は写真を戻した。まだ、頭が重たい。ゆうべ、亜依の夢を見たせいかもしれない。

亜依の夢を見た翌朝はたいてい頭が重く、全身に倦怠感《けんたいかん》を覚える。

九時近くなってから、休むと会社に電話を入れた。最近休みがちだった。上司の柘植《つげ》課長は夏美に好意を持っているので何も言わないが、一度ぐらい酒の誘いに付き合わざるを得ないかもしれない。

何をする気力もなく、その日の午前中をだらだらと過ごした。昼になっても食欲がなく、ベッドに横たわっていた。

電話が鳴ったのはうとうととしたときだった。起き上がって受話器を摑《つか》む。

「柘植だけど」

「課長さん」

思わず顔をしかめた。夏美が二年前から勤めている建築の設計や施工を行う会社の経理課長だ。夏美はそこで経理の仕事をしている。

「体の具合、どうかなと思って」

寝ているところを起こしてと、腹立たしかったが、

「だいじょうぶです。明日は行けそうですから」

と言って、強引に電話を切った。

しばらくして電話が鳴ったが、放っておいた。やがてベルは鳴りやんだ。

部屋の中が暗くなって、起き出した。

通りの食料品を売っている生鮮館まで買い物に行き、缶ビールや肉、野菜などを買った。

また今度の土曜日に真壁がやって来るのだ。

真壁と出会って一年。亜依の面会に愛甲園に行ったとき、取材のために訪れていた彼と会ったのが最初だった。

真壁も心に傷を負っていた。だが、そこから立ち直ろうというがむしゃらさがあった。夏美はそこに惹かれたのだが、今はお互いの傷を舐《な》め合うような付き合いでしかないように思えた。ただ寂しかったから、凍えた心を温めて欲しかったから、真壁に救いを求めただけなのか。

そう思うのは、真壁も同じように温もりを求めていただけであり、その相手がたまたま自分だっただけなのではないかと心の底で疑っているせいかもしれない。

それでも今は必要な相手であることに変わりなく、また彼の存在が大きな救いになっていることは間違いなかった。

アパートに戻ると、野口の部屋の前に男が立っていた。夏美に気づいて顔を向けた。五十半ばか。がっしりとした体で、胸板が厚く、腕が太い。紺のブルゾンを窮屈そうに着ている。角刈りで顎《あご》に傷跡がある。鋭い眼光は普通の人間とは違うように思えた。

夏美は男の脇を素通りし、自分の部屋の前に立った。鍵穴《かぎあな》にキーを差し込んだとき、足音がした。

振り返ると、男が去って行くところだった。野口は留守だったのかもしれない。

夕飯を食べ終わり、食器を流しに運んだとき、隣家のドアが開く音が聞こえた。野口が帰って来たのだ。野太い男の声が聞こえたので、さっきの男が一緒なのかもしれないと思った。

夏美はそっと流しの向こうにある廊下側の窓を開いて覗《のぞ》いた。男の体が見えた。やはり、そうだった。

ふたりは部屋に入ったようだ。夏美は茶碗を洗いながら今の男のことを考えた。野口とどういう関係なのか。目つきの険しい男と暗い翳に包まれた野口との関係はどこか普通ではないものを感じる。

野口を訪ねてきた男は堅気とは思えない。そういう人間と交際している野口も同じ種類の人間なのだろうか。

しかし、先日弘法山公園で見かけたとき、野口は涙を拭《ぬぐ》っていたように見えた。あの涙は何だったのか。夏美は野口の複雑な過去を想像した。


翌日、出勤したが、やはり柘植に食事に誘われた。柘植は二男一女の父親だが、女好きだという女子社員の評判だ。

きのう、自分がとりなしたからよかったけれど、そうじゃなければたいへんなことになっていたんだと、恩着せがましく言った。

何がたいへんなのか。会社での立場が悪くなるところだったのを助けてやったのだから付き合えと迫るのはセクハラだ。喉《のど》まででかかったのをぐっと堪《こら》えた。

しかし、その夜、とうとう断りきれずに付き合わされた。新宿三丁目のフランス料理の店に連れて行ってくれたが、センスのない会話に閉口し、料理の味さえ満足に味わえなかった。

レストランを出て別れようとしたが、柘植は強引だった。仕方なく花園神社の近くにあるスナックについて行った。

台湾の女の子が多くいる店で、夏美には少しも楽しくなかった。カラオケでデュエットを強要され、踊ろうと迫られる。

十時を過ぎて、店を出たが、まだしつこく誘ってくる。

「帰ります」

夏美はきっぱりと言う。

「俺の腹一つで君の首なんかすぐ飛ぶ」

顔色を変えた夏美に、柘植は引きつったような笑い声を立て、さあ行こうと、肩を抱いてきた。

「やめてください」

柘植の手を振り払った。

弾みで柘植の頬を打つ形になった。

「なにするんだ」

柘植が青筋を立てた。本性を剝《む》き出しにしたのか、いきなり夏美の手首を摑みにかかった。夏美はさっと手を引っ込め、すぐに駆け出した。

「待てよ」

柘植が追いかけてくる。

花園神社の前で、境内から出て来た男とぶつかりそうになった。

「すみません」

夏美が謝ったとき、柘植が追いついてきて夏美の手を摑んだ。

「放してください」

振り払おうとしたが、柘植は強く握っている。

そのとき、突然、

「川島さん」

と、声をかけられた。今、ぶつかりそうになった男だ。

柘植はぎょっとしたように夏美の手を放した。

「やっぱり、川島さんですね。どうかしましたか」

声の主を見て、夏美は目を見開いた。

「野口さん」

隣室の野口だった。

野口は柘植の前に立ちはだかった。黙っているだけだが、柘植が薄気味悪そうにあとずさった。

「柘植さん。知り合いと会ったので、ここで失礼します。野口さん、行きましょう」

夏美は野口の腕に自分の腕をからめた。野口も事情を理解したのだろう、黙って夏美にされるままになった。

「どうなってもいいんだな」

捨てぜりふを残して、柘植は反対方向に逃げて行った。

「ありがとうございました」

あわてて腕を振りほどき、改めて夏美は礼を言った。

「いえ」

野口が言ったとき、後ろから男が近づいて来た。野口がひとりではなかったことにはじめて気づいた。

夏美は男を見て、思わず息を呑んだ。ゆうべの男だった。

「また、連絡する」

交差点の手前で男が言った。

「すみませんでした」

野口が男に頭を下げた。

男は手を上げ、人込みの中に紛れて行った。

男の姿が見えなくなるまで待ってから、ふたりは駅に向かって歩きだした。

花園神社で、野口とさっきの男が何をしていたのか。あるいはただ境内を突っ切ってきただけなのかもしれないが、ふたりは新宿に何の用があったのだろうか。

野口からもさっきの男からもアルコールの匂いが微《かす》かにしたから、どこかで呑んでいたのだろうが、このふたりが酒を酌み交わす光景は思い浮かばなかった。それとも、もっと他に誰かがいたのか。

夜十時過ぎなのに駅から歌舞伎町《かぶきちょう》方面に向かうひとの数も多い。つい最近まではひとの群れの中に行方をくらました夫の姿を無意識のうちに探していることもあったが、今は無意味な行為だと気づいていた。

人通りが多く、ときたま野口と体が触れ合う。そのたびに、夏美は野口から体を離した。こうして、野口と並んで歩いていることは気詰まりな感じだった。これから、いっしょに電車に乗らなければならないのかと思うと、気が重かった。

ロマンスカー（特急）で帰りますからと言って別れたかったが、先に野口が言った。

「ここまで来れば大丈夫でしょう。私に気兼ねなくお帰りください。私は急行で帰りますから」

また柘植が現れるかもしれないと用心して、野口は駅まで付き合ってくれたようだ。助けてもらったのに、すげない自分を恥じたが、野口は別に気にしたふうもなく、気をつけてと言って券売機に向かった。

そのとき、ふと残り香のような匂いに気づき、どこか懐かしい気持ちにさせられた。その匂いから亡くなった父を思い出した。父にこのような匂いがあったのかどうか記憶にないが、なぜだか父を思い出したのだ。

去って行く野口の後ろ姿が寂しそうに映った。改札口を行き交うひとの群れの中なのに、まるで荒涼とした風景の中にいるような孤独感があった。そして、弘法山公園での涙を思い出した。

夏美はあわてて追いかけた。そうせざるを得ない思いにかられたのだ。

4

十月に入った。土曜日の午後、秦野の町は朝からの雨に煙っていた。

夏美のアパートに向かう前方を、片手に傘を差しビニール袋を持った痩せぎすの男が歩いて行く。生鮮館で食料品を買って来たらしい。

野口だと気づいた。先日の弘法山公園での光景を思い出す。ハイキングを楽しんでいる様子ではなかった。

(俺はなんであの男が気になるのだろうか)

真壁は自問した。あの男の醸し出す暗さか。ただの暗さではない。闇の底のような暗さだ。その暗い奥底に何か赤く燃えているものがある。それはマグマのように烈《はげ》しく燃えている。そんな印象を持ったのだ。その何かが真壁を引き寄せるのだろうか。

いや、それもあるかもしれないが、それ以上に夏美の心を恐れているのに違いない。あの男の暗い烈しさが夏美の心を引き寄せるかもしれない。そんな不安が真壁を落ち着かなくさせていたのだ。

野口はアパートに着いて階段を上がって行った。少し時間を置いて、真壁も階段に足をかけた。野口が部屋の中に入ったのを見届けてから、ゆっくり階段を上がりきった。

夏美の部屋のドアチャイムを鳴らすと、すぐにドアが開いた。

「早かったのね」

彼女が目を細めて笑った。

ダイニングキッチンの椅子に座ると、お茶をいれてくれた。

「この前、隣の野口さんに助けられたわ」

夏美が新宿での出来事を話した。

「新宿から帰りもずっといっしょだと気づかれするかなと思っていたら、あのひと、気にしないで帰ってくれって」

夏美に気を遣わせることよりも、自分も気詰まりだったからではないだろうか。だが、そういう話を嬉々《きき》として話す夏美が面白くなかった。

「でも、悪いからいっしょに帰ったけど」

「いっしょに帰った？」

驚いてきき返した。

「どんな話をしたんだ」

知らず知らずのうちに不機嫌になっていた。

「あまり話はしなかったわ。電車の中でも、ずっと黙っていたもの。変なひとね」

「家族はいないのだろうか」

真壁がきいたのは、野口のことよりも、夏美がどの程度の話をしたのか知りたかったのかもしれない。

「さあ」

彼女は首を傾《かし》げた。

「そうそう。亜依が来週の土曜日に一泊で帰ってくることになったわ」

夏美が強引に話を移したように思えた。

「それはよかったじゃないか」

真壁は夏美が亜依と過ごすことを喜んだ。

「俺は遠慮したほうがいいかもしれないな」

母娘ふたりの時間をたっぷりとったほうがいいだろう。それに、亜依に自分のことを話すタイミングではないと思った。

亜依が養護施設に入所したのは五歳のとき、二年前のことだ。つまり、夫が蒸発してからのことだ。

「今回は母娘水入らずで過ごしたほうがいいな」

「そうね」

夏美は浮かない顔で言った。不安なのかもしれない。亜依とふたりで過ごすのは二年ぶりなのだ。亜依は父親が家出したままなのを知っているのだろうかと思った。

そのことをきくと、夏美は辛そうな顔で答えた。

「面会に行ったとき話してあるわ」

「ほんとうにどこにいるんだろう？」

観察するように、夏美の表情を窺《うかが》う。夏美の夫のことだ。

「知らないわ。もう関係ないもの」

ほんとうに知らないのか、という言葉を呑み込んだ。

「早く正式に離婚してもらいたいんだ」

それは本音である。夏美といっしょに暮らしたいと願っている一方で、真壁が同棲《どうせい》をためらう理由が二つある。ひとつは亜依のことであり、もう一つは離婚が成立していないということだ。

夏美はまだ夫の帰りを待っているのではないかという思いが消えない。

「ごめんなさい」

夏美は俯いた。

そのとき、音楽が微かに聞こえてきた。隣室からだ。あの男はどんな音楽の趣味があるのだろうか。

真壁は聞き耳を立てていた。微かに聞こえるだけで、どんな音楽かまではわからなかった。

雨は夜半になっても降りやまなかった。

ベッドの中の彼女にいつものような反応はなかった。いつもならうっすらと赤みを帯びてくる肩から胸の辺りの肌は氷のように冷たく感じられた。子どものことを考えているのだろう。

「うまくやっていけるかしら」

天井に顔を向けながら、彼女が言う。

「だいじょうぶだ」

そうは言ったものの、真壁も不安に思っている。

夫の裏切りに遭い、そして夫に見捨てられた絶望感や孤独感、それに将来に対する不安が、子どもの虐待へと向かったのなら、まだそれを乗り越えていないように思える。

翌朝、まだ雨が降っていた。

「出かけるのは無理ね」

夏美が残念そうに言う。きょうも市内を歩き回る予定にしていたのだ。亜依が戻ってきたときに連れて行ってやる場所の下見ということもあるようだった。

雨の日、好きな女と部屋に閉じこもっているのは悪くない。いつもならそう思うのだが、真壁は落ち着かなかった。

微かに隣室から漏れてくる音楽が気になるのだ。どんな表情で、音楽を聞いているのだろうか。優雅に聞いているようには思えない。苦しみを癒《いや》すために聞いているのに違いない。

夏美も野口の部屋から漏れてくる音に耳を澄ましていた。

「童謡みたいね」

「童謡？」

半信半疑で耳を澄ましていると、ときどき高くなる音がテレビのアニメ番組の主題歌のようにも聞こえた。

野口もかつて妻や子どもがいたのだろう。何らかの事情で、家族と別れたのかもしれない。それは辛い別れだったように思える。

「離婚しているのかもしれないな」

真壁はぽつりと呟いた。そして、夏美の夫のことを考えた。妻子を捨てたものの、夏美の夫も今頃は子どもを懐かしんでいるかもしれない。

「もし、ご主人が帰って来たらどうするの？」

真壁がきいた。おそらく、険しい顔つきになっていただろう。

「もう修復なんて出来ないわ」

夏美は強い口調で言った。

夫の家出によって、夏美の生活は狂ってしまったのだ。その果ての子ども虐待だ。夏美が亜依を虐待するようになった責任の一端が夫にあるのは間違いない。

内川大樹の母親がなぜ大樹を虐待したのか。その理由を知りたくて、母親の弁護人だった久保早紀江弁護士を新宿にある事務所に訪ねたのも、こんな雨の日だった。

事務所の窓ガラスを打ちつける雨音が久保弁護士の声と重なって聞こえた。

「虐待をしているという意識が、彼女にはないんですよ」

「ない？」

「大樹くんは幼い頃は夜泣きがひどかったそうです。おねしょもした。そのたびに叱った。母親が外出しようとすると泣きだし、自分の生活が邪魔をされる。そんなふうに思っていたようです」

「自分の子どもが可愛くなかったのでしょうか」

「機嫌のいいときは可愛がっていても、ぐずりだすと彼女もカッとなってしまうようでした」

「そういうとき、殴ったりしたんですね」

「自分では躾けのつもりだったようです。ただ、彼女は大樹くんにいつも邪魔をされる、何かをしようとすると大樹くんが邪魔をするという意識が強まっていったようです」

久保弁護士はテーブルの上で手を組んで続けた。

「特に、離婚してからはその傾向がひどくなったようですね。母親といっても、まだ若い。遊びたいんですね。だけど、子どもがいるから遊びにいけない。それで、子どもが腹立たしくなる」

「ずいぶん身勝手ですね」

「再婚した相手は年下の男性です。彼女は自分に子どもがいることに負い目を持っていたようです。だから、男の顔色を窺っていた。夫は子どもを可愛がるタイプではなかったようですね。大樹くんを家に置いたまま、ふたりで遊びに行ったようです。帰ってくると、大樹くんはおしっこをもらしたり、部屋中を散らかしていた。それで母親のほうがカッとなって殴る蹴《け》るの乱暴。夫はそれを見て知らん顔」

久保弁護士は沈痛な表情で続ける。

「大樹くんの顔を見ると、母親はなぜかわからないほどにいらついたそうです。それで、夢中で殴りつけたというのです」

「なぜなんでしょうか」

「大樹くんは成長するにしたがい、母親に懐かなくなっていた。幼い頃の折檻《せっかん》が深い心の傷になっていたのでしょう。そういう反発した態度が母親の癇《かん》に触ったのでしょうか。でも、それでも子どもは母親を庇おうとするのです」

教室で何があったのだと問いかけても、大樹はほんとうのことは何も言わなかった。母親を庇うという思いからだろう。酷《ひど》い仕打ちを受けても、母親を求めていたのだろうか。せめて助けを求める言葉を発していてくれたらと思っても今更詮《せん》のないことだった。


昼前になって雨が止んだ。天気は急に回復し、陽射しが蘇った。

「出かけられるわ」

夏美が弾んだ声で言った。部屋に閉じこもっていると、彼女もよけいなことを考えて自分を苦しめてしまうのだろう。

昼食後にアパートを出た。水たまりが陽光を反射してきらめいていた。

大倉バス停でバスを下りる。山小屋ふうの建物がある。県立秦野戸川《とかわ》公園は丹沢からの水を引いた水無川の流域に広がる公園だ。

丹沢の山並みを背景にした川と森の公園である。谷を渡って『風の吊《つ》り橋』と呼ばれる鉄の橋がかけられている。そこを渡った。高さが三十五メートル。長さは約二百七十メートル。眼下の河原から子どもたちの声が聞こえる。天候が回復し、ひとがだいぶ出ていた。

川遊びやバーベキューも出来、ファミリーレクリエーションのエリアもある。

「亜依ちゃんも喜ぶだろう」

亜依を連れて来たらと言ったのだ。目の前を親子連れが歩いていた。三歳くらいの女の子の手を母親がひき、幼児を父親が抱いている。あの家族と内川の家族とどこが違うのか。またも大樹のことを思い出していた。

橋を渡ると、茶亭があった。

「ちょっと休んでいきましょう」

夏美の顔に笑顔が見える。ゆうべからのわだかまりが消えて、真壁も気持ちが弾んでいた。青空と渓谷を渡るさわやかな風が心に安らぎをもたらしているのかもしれない。

茶亭の縁側に腰をおろして抹茶を呑んでいると、鹿威《ししおど》しの音が響いた。

「いいわねえ。落ち着くわ」

夏美がすがすがしい笑顔で言った。

「秦野に引っ越してきてほんとうによかったわ」

これで亜依とうまくやれるようになればいいのだがと、真壁は思った。亜依とうまくやれるということが、夫への未練を断ち切ることのように思えるのだ。

茶亭を出てから再び橋を渡って戻った。

まだ三時前だ。

「これから震生湖《しんせいこ》に行ってみない？」

大正十二年の関東大震災で出来た湖だという。北海道の昭和新山が有珠山《うすざん》周辺の地震による水蒸気爆発で地面が隆起して出来たと聞いたことがあったが、こっちは湖だ。なんだか神秘的な感じがして興味を抱《いだ》いた。

戸川公園から震生湖に向かった。バスを乗り継いで震生湖のバス停で下車する。震生湖は渋沢丘陵の一部が崩れて谷川をせき止めて出来た。

バス停から崖《がけ》を下って行くと、雑木林の中に湖が見えてきた。湖の周囲や桟橋《さんばし》で釣り糸を垂らしているひとがたくさんいた。おとなに混じって子どもの姿も見えた。ボートの釣り人もいる。

さっきの戸川公園とは一転し、鬱蒼《うっそう》とした自然の中で、釣り人たちは黙って竿《さお》を握っている。釣り人のバケツの中でへら鮒《ぶな》がはねた。こい、わかさぎなども釣れるらしい。

弁天堂の紅《あか》い鳥居。その脇を抜け、湖に沿って進むと、小さな橋が見えた。その近くに駐車場があり、狭い場所に車が並んでいる。

橋に足を向けた。静かな時が流れている。橋の向こう側で子どもが走り回っていた。

あっ、と夏美が叫んだ。

「どうした？」

驚いて、真壁はきいた。

「あそこに」

夏美は呟くように言った。真壁も小さく声を発した。対岸の樹木の横に野口が佇《たたず》んでいたのだ。釣り竿を持っているわけではない。ただ、湖に目をやっている。

何をしているのだろうか。真壁は思わず数歩近寄っていた。

先日は弘法山公園で見かけた。単なる物見遊山とは思えない。

野口の周囲にだけ、やはり陰気な翳が生じている。釣りを楽しむ人間の姿ではない。ふいに、野口が歩きはじめた。

対岸をまわって行く。周囲一キロという小さな湖だ。樹間を抜け、別な場所にいる釣り人の背後に出た。それから、ゆっくりまた移動した。

真壁が目で追っていると、

「行きましょう」

と、夏美が腕をとった。

あの陰気さは生来的なものとは思えない。野口はひとり暮らしだ。家族と別居しているように思える。かけていた童謡は子どものことを思い出していたのかもしれない。

なぜ、家族と離れなければならなかったのだろうか。あの男の過去に何かがあったのか。なぜ、今は息をひそめるような生活をしなければならないのか。

帰りのバスに乗り込んだが、夏美は窓の外を気にしていた。野口がやって来るかもしれないと思ったのだ。わけもなく、真壁はいらついていた。

5

亜依を迎える前日、仕事は休みをもらった。

ふとんカバーも女の子らしい可愛いものにし、食器や歯ブラシなども揃《そろ》えた。カーテンもピンク色にし、トイレットペーパーもキャラクターの入ったものを買って来た。

朝から張り切っていたせいか、昼頃にはやるべきことは終わってしまった。部屋にじっとしているのも落ち着かず、昼過ぎにアパートを出た。

どこへ行くというわけではなかった。が、商店街を歩いていて、前田夕暮展のポスターが目に入った。

確か、弘法山公園に歌碑があった。夏美は迷わずバスで会場の市立図書館に向かった。

短歌に興味を持っているわけではなかったが、郷土の歌人の足跡を辿ることで、今の落ち着かない気持ちを鎮めようとしたのだ。

文化会館と隣接している市立図書館の二階の展示場で、前田夕暮展が開かれていた。

前田夕暮は明治十六年七月二十七日、神奈川県大住郡南矢名村に生まれている。現在の秦野市南矢名である。

年譜によると、十七歳のときに神経衰弱のために中学校を退学し、放浪の旅に出ている。

二十二歳、明治三十七年に尾上柴舟《おのえさいしゅう》に入門したが、同じ頃に若山牧水も門下に入っている。明治四十三年に処女歌集『収穫』を刊行した。この一ヶ月後に若山牧水も『別離』を出し、ふたりは自然主義の代表的歌人として注目されたという。

また、白日社を興して短歌雑誌『詩歌』を毎月刊行し、三木露風、山村暮鳥、斎藤茂吉、室生犀星《むろうさいせい》、萩原朔太郎《はぎわらさくたろう》、高村光太郎などの詩人や歌人に活躍の場を提供し、多くの歌人を育てた。

さらに北原白秋との交友についても触れてある。

「生くること悲しと思う山峡ははだら雪ふり月照りにけり」

弘法山公園の歌碑にあった短歌を、夏美はつい口ずさんだ。

前田夕暮は子どもの夏休みには家族揃っての旅行を恒例にしていたという。大正十四年八月には十歳の男の子と七歳の女の子を連れて上越のほうに旅をしている。ただ、このときの旅には妻が同行していない。

そのことが夏美には気になった。しかし、夕暮は昭和二十六年に六十九歳で亡くなっているが、多くのひとに看取られての最期だったといい、その看取ったひとの中に奥さんもいたのだから、夫婦はふたりの人生をまっとうしたようだ。

図書館を出ると、構内に歌碑があった。

木のもとに子供ちかよりうつとりとみてゐる花は泰山木《たいさんぼく》のはな

そこから夏美は水無川沿いを富士見橋まで歩いた。そこにも歌碑が建っている。

川床にわがねてあればまはだかの童子きたりて顔またぎすぐ

夕暮の歌碑は市内に十カ所ある。夏美はそのうちすべて回ってみようと考えながら、帰途についた。

前田夕暮の世界に没入し、精神の解放感を得たような気がしたが、アパートに帰ると現実が待っていた。

その夜、亜依のことを考えて不安と期待がない交ぜになってなかなか寝つけなかった。

翌日、朝九時にアパートを出て、小田急線で町田に行き、そこから横浜線の八王子行に乗り換える。

十時半頃に八王子駅に着いた。愛甲園までは八王子駅前からバスに十五分ほど乗る。

一泊二日の外泊だ。弘法山や戸川公園、それに震生湖にも連れて行ってやりたいが、バスでの移動時間を考えると、三つもまわるのは無理だろう。窓外に目をやり、亜依のことを思っているうちに、下車駅に近づいた。

バスを下りて丘を少し上って行くと、クリーム色の建物が見えてきた。

ここで亜依は毎日学校へ行き、食事をとり、親のいない生活を送っている。

事務室に顔を出すと、すでに亜依が支度をして待っていた。ちょっと照れくさそうに夏美を見、すぐに近寄って来た。亜依の顔を見て不安が消し飛んだ。

「亜依、帰ろうか」

夏美は明るい声で言った。

児童指導員の桜井が八王子の駅まで車で送ってくれることになっていた。職員たちに見送られて、車に乗り込む。

「亜依ちゃん、たくさんお母さんに甘えてくるのよ」

亜依は職員たちに手を振った。

車の中で、亜依はよく喋《しゃべ》った。運転している桜井と冗談を言い合ったりしている。

駅に着いて、桜井と別れ、母娘ふたりだけになった。急に、亜依が寡黙になったような気がする。

横浜線に乗り、約二十五分で町田に着き、小田急線に乗り換える。乗り換えてから三十分ほど経ち、伊勢原を過ぎた辺りで、亜依が不機嫌そうにきいた。

「まだ、なの？」

その言い方が癇に触った。が、夏美は笑みを漂わせ、

「あと十分ぐらいよ」

と、言った。亜依は答えなかった。

秦野に着いて、ホームに下り立った。亜依はだるそうについてくる。

北口ロータリーを出る。亜依はきょろきょろ駅前を見回した。

「ここは水無川って言うのよ」

夏美が声をかけたが、亜依から返事がなかった。

やっとアパートに着いた。亜依は珍しそうに室内を見回していた。この部屋は彼女にとってははじめてだった。

「亜依、喉乾かない？　ジュースがあるけど」

「いらない」

亜依は首を振った。

脳の奥にちくりとした痛みを感じた。自分の表情が強張《こわば》っているのがわかった。

(亜依はやはり自分に懐いていない)

ふとわき上がってきた感情をあわてて封じ込めた。額に汗をかいていた。

「亜依ちゃん。夕飯は何が食べたい？　食べたいものをいっしょに買いに行こうか」

「なんでもいい」

ちょっと突慳貪《つっけんどん》な言い方に思えた。

「食べたいお菓子もあるでしょう。いっしょに買いに行こう」

夏美は亜依を外に連れ出した。

階段の所で、亜依が立ち止まった。下に野口がいた。野口が亜依を見ていた。やがて、野口が階段を上がってきた。

「娘なんです」

夏美は野口に紹介した。

野口が微かに亜依に笑い掛けたような気がしたが、すぐに笑みは引っ込んで自分の部屋に向かった。

亜依は野口が部屋に入るまで見ていた。

通りに出て、生鮮館に入り、籠《かご》を持って食品売り場をまわった。チョコレートやジュースなどを買う。

部屋に戻ってから、夏美は夕飯の支度にかかった。

「じゃあ、お母さんがおいしいものを作ってあげるわね」

夏美は努めて明るく振る舞った。だが、亜依から返事はなかった。

夕食のとき、ついに夏美の感情が爆発した。

「まずい」

夏美の作ったチャーハンを、亜依が口から吐き出したのだ。

「だって、亜依が好きだと思ったから」

施設の職員から亜依の好みなどを教わり、その準備もしてきた。このチャーハンだって教わったとおりに作ったものだ。

突然、激しく音がした。亜依が手で払った皿が床に落ちて割れたのだ。床にごはんが散らばった。

「何をするの」

夏美は立ち上がって大声を張り上げた。

「片づけなさい」

襟首《えりくび》を掴み、思い切り亜依を床に押しつけた。

亜依は黙ってごはんを拾い始めたが、途中で手を止めた。そして、いきなり手に握っていたごはんを夏美に向かって投げつけてきたのだ。

夏美は指先まで震えがきた。何か言おうとしても口の周りの筋肉が強張って言葉が出て来ない。自分を睨《にら》み付けている亜依の目が不気味だった。

(私の子じゃない)

頭の中が真っ白になり、いきなり夏美は亜依に摑みかかっていた。

「痛い」

両手で頭を押さえて絶叫する亜依の脇腹を蹴り上げる。奇妙な悲鳴が上がった。亜依が転げ回って逃げる。

テーブルクロスに手がかかり、食器が激しい音を立てて床に落ちて砕けた。

悲鳴と怒声。そのとき、ドアチャイムが鳴っているのに気づいた。ドアがどんどんと叩《たた》かれた。

はっと我に返り、夏美は玄関に向かった。追い返すつもりだったが、ドアスコープから覗くと野口の顔があった。

夏美はドアを開けた。

野口が夏美の肩ごしに室内を見た。床に散乱した食器。泣きじゃくっている亜依。夏美は全身の力が抜けて、そのままへたり込んだ。

野口はドアを閉め、勝手に部屋に上がった。

「だいじょうぶだよ」

亜依をいたわっている野口の背中が霞《かす》んだ目に入る。

夏美は息苦しかった。どうして、こんなことになるの。涙があふれてきた。

野口が傍《そば》に来て何か言った。夏美を抱えるようにしてベッドに運んだ。まだ意識が定まらず、起き上がる気力もないまま玄関のドアの開く音を聞いた。

「あなたのせいよ。あなたがこんな目に遭わせたのよ」

夏美は見えない相手に向かって叫んだ。夏美が叫んだ相手は裏切った夫だった。結婚前の優しい夫を思い出して、激しい痛みに襲われた。

亜依とはもう二度と交わることの出来ない大きな溝のあることを意識しないわけにはいかなかった。

静かだった。何も音が聞こえない。はっとして起き上がり、亜依を探した。

「亜依」

返事はなかった。

ダイニングキッチンの床はきれいに片づけられていた。野口がやってくれたのだ。

「お子さんとちょっと散歩してきます」

そう言って、野口が亜依を連れて行ったことを思い出した。

夏美はすぐに部屋を飛び出した。外は暗くなっていた。

水無川のほうまで行ってみた。橋の途中で川を覗くと、川岸の暗がりにぼんやりと野口と亜依の姿が見えた。

夏美は橋を戻り、川岸に下りる階段を探し、ふたりの元に駆け寄った。野口が夏美に気づいて顔を向けた。

「亜依ちゃん」

夏美は声をかけた。

「ごめんね。ひどいことをしてごめんね」

夏美は亜依に謝った。

亜依は黙っている。

「恥ずかしいところを見られちゃって」

夏美は野口に向かって言った。

「子どもに手を出すなんてよくない」

「はい」

思いがけず強い叱責《しっせき》だった。

「子どもは親の鏡だということを忘れないでください。あなたのいらいらはそのまま子どもにも伝わります」

夏美には返す言葉もなかった。

「いいですか。このままだったらしこりが残ります。何があっても、無事に明日、亜依ちゃんを送って行くんです」

「でも、亜依は？」

「亜依ちゃんはあなたの部屋に戻ると言っています」

「ほんとうですか」

あんな酷い仕打ちをしたのに、ほんとうに亜依が部屋に戻ってくるのか俄には信じられなかった。

「亜依ちゃん」

夏美が声をかけると、亜依はこくりと頷《うなず》いた。

夕飯をふたりでとった。さっきのチャーハンを亜依はきれいに食べた。不思議だった。いったい、野口は亜依に何と言ったのだろうか。

夜、亜依はテレビのアニメを見てから学校の宿題をやっていた。

風呂にひとりで入り、持って来た人形を枕元に置いてふとんにもぐった。

「おやすみ」

夏美は声をかけた。


無事に一夜が明けた。夏美はよく眠れなかったが、六時に起きて、スープを作り、玉子焼きを焼いた。

「どこかへ行こうか」

朝食のあときいたが、亜依は黙って首を横に振った。

午前中、亜依は持って来た漫画本を読んだり、お絵描きをして過ごした。そんな亜依を、夏美はただ黙って見ているだけだった。

午後になって、亜依を愛甲園に送り届けるために部屋を出た。

野口の部屋を訪ね、

「すっかりご面倒をかけて申し訳ありませんでした。これから、亜依を送ってきます」

「そうですか。亜依ちゃん。また、会おう」

野口が言うと、うんと言って亜依は小指を出した。

「指切り」

野口は白い歯を見せ、小指を出した。はじめて見る野口の表情だった。

亜依は夏美に連れられて愛甲園に戻った。

「亜依ちゃん、また迎えに来ていい？」

夏美は亜依を抱きしめたが、亜依は何も言わなかった。決してふたりが打ち解けたわけではなかった。ただ、野口の口添えで衝突を回避しただけのことだ。

アパートに戻ってから、もう一度野口に亜依を送り届けてきたことを報告したあとで、夏美はきいた。

「亜依に何か言ってくれたのですね。ありがとうございました」

「亜依ちゃんもほんとうはお母さんを恋しがっているんですよ」

先日、童謡が聞こえて来たのを思い出し、野口にも子どもがいるのだと確信した。

6

真壁はパソコンに向かって第二作の原稿を書いていた。週三回の塾のアルバイト以外はできるかぎり自宅アパートのパソコンに向かっている。

虐待する親はかつて虐待されて育ったケースが多いという。大樹の母親は幼児期に親から虐待されていた。酒呑みの父親、子どもに関心のない母親。食事のときにご飯をこぼせば殴る蹴るの折檻がはじまり、次の日は丸一日食事を与えられない。

父親は、母親が彼女をいじめるのを酒を呑みながら見ていたという。父親にも逆さに吊るされ、あるときはタバコの火を足の裏に押しつけられたりしたという。

そういう体験を持つ人間が親になったとき、同じことを繰り返している。しかし、子どもも虐待にはほかにもいろいろなケースがあった。

夏美のように夫との仲がうまくいかずに孤独感から虐待に走ったケースや、親に愛された記憶のないまま自分が親になって、育て方がわからず子どもに当たってしまうものなど、さまざまであった。また、中には実の父親から性的な虐待を受けたものなど、信じられないケースもある。

真壁はこれまでの取材で得た情報を基に原稿を書き進めていた。

電話が鳴って、パソコンを打つ手を休めた。机の脇にある電話に手を伸ばすと、夏美からだった。

「どうだった？」

亜依とのことだ。

「さっき愛甲園に送り届けて帰ってきたところ」

「なんだか疲れているようだな」

「ええ、ちょっと」

「どうした？」

「カッとなっちゃって」

夏美の話を聞いて驚きを禁じ得なかった。久しぶりに帰宅した実の娘に対して僅《わず》かな時間で、なぜ、夏美は亜依に暴力を振るったのか。

どうしてかわからないと、彼女は言った。亜依の目を見ていると、無性にいらついてきたのだという。

改めて、夏美の病巣の深さを思い知らされた。やはり、カウンセリングを受けさせるべきだ。夏美のいらだちの原因を探り、それを解消しない限り、亜依とはうまくやっていけない。

わが子を道具か付属物のように扱い、自分の思う通りにならないと腹を立てる母親もいるのだ。そういう母親は子どもを殴っても自分では暴力だという認識はなく、あくまでも躾けだと思い込んでいる。

しかし、夏美は違う。子どもをいじめているとき、なぜ自分はこんなひどいことをしているのかと、心の葛藤《かっとう》がある。カッとなって精神をコントロール出来なくなってしまう自分を責めているのだ。

内川大樹の母親も夏美も実の子どもに対して虐待をするような人間にはまったく思えなかった。伽話《おとぎばなし》に出てくるような意地悪な継母《ままはは》で、鬼のような女。そういう人間ならば理解が出来るが、そうではなかった。子ども思いのやさしい母親のイメージすらあった。

久保弁護士によれば、大樹の母親も苦しんでいたのだという。

「なぜ、大樹をいたぶるのか。自分でもわからないのです。あの子を見ているうちに、急に憎たらしくなるのです。あの子はふだんはおとなしいのですが、いったん泣きだすと火のついたようになるのです。夜泣きもひどかった。私はいつも寝不足でした。そんないらいらがときたま爆発して、子どもに当たりました」

久保弁護士から大樹の母親の告白を聞かされたが、真壁からみて、子ども虐待のことで、彼女が苦しんでいるようには思えなかった。かえって、虐待を楽しんでいるようなところが見られた。それはストレスの解消のようにさえ思えた。

「今だから、そういう自分の苦しみを訴えていますが、私が何度か自宅を訪問したときには悪びれたような態度は微塵《みじん》も見せませんでした。若い夫のほうに目が向き、ほんとうに大樹くんを邪魔だと思っていたのではありませんか」

真壁が厳しい意見を言うと、久保弁護士が困惑して答えた。

「そう言ってしまったら彼女に酷です。彼女だって本当は苦しんでいたのです」

「大樹くんの実の父親はどうして彼女と別れたのでしょうか」

「仕事が忙しく、土日も仕事で、子育ては何もしない生活だったそうです。父親は彼女が大樹くんを虐待していたことさえわかっていませんでした」

「別れた前夫への未練なり、怒りなどが大樹くんへ向けられたということはないのでしょうか」

「いえ、そういうことではありません。あくまでも彼女の性格と環境の問題です」

大樹の母親は今は懺悔《ざんげ》しているという。

「野口さんが間に入ってくれて助かったわ」

電話の向こうの夏美の声が、真壁を現実に戻した。

亜依が野口の言うことを素直に聞いたということに、真壁は衝撃を受けた。が、その思いを秘めて、

「父親が恋しいんじゃないだろうか。野口さんに父親を見たのかもしれない」

と、感想を述べた。夏美から返事はない。

「父親に会わせてみたら」

夏美の反応を窺うように言った。

「あのひとは亜依の機嫌のいいときにあやすだけ。本物じゃないわ」

夏美は激しい勢いで言った。

「ご主人はどこでどうしているんだろうか」

「女とどこかで暮らしているんでしょう。もう、あの男のことを思い出させないで」

夏美はいらだって言った。

口とは裏腹に、まだ夫への未練を断ち切れないのだと思った。改めて、自分と夏美の間にある壁の存在を思い知らされた。

電話を切ったあとも、野口のことがしこりになって残っていた。

夏美と出会った頃のことが蘇る。

内川大樹の虐待死の責任を一方的に押しつけられて教諭を退職し、田舎《いなか》でくすぶっていたが、半年後に友人の紹介で出版社の編集者に会った。編集者は内川大樹の母親に判決が下ったことで、真壁の体験を本にして出版しようと言った。

なぜ、実の親が子どもを虐待するのか。内川大樹の親がなぜ大樹を虐待したのか。その理由を求めて、真壁は活動を開始した。

まず、久保早紀江弁護士に会いに行った。それから、大樹のことだけではなく、他のケースも調べるために児童養護施設へ取材に行ったのだ。

編集者が八王子にある愛甲園にアポイントをとり、そこに真壁は出向いた。

児童福祉法第四十一条によると「児童養護施設は、乳児を除いて、保護者のない児童、虐待されている児童その他環境上養護を要する児童を入所させて、これを養護し、あわせて自立を支援することを目的とする施設」ということである。

職員は二十五名。入所している児童は七十名を超えていた。諸々《もろもろ》の事情から親といっしょに暮らせない子どもたちがこんなにもいるのかと、衝撃を受けた。

何度か施設へ通っているうちに、亜依と出会った。亜依は色白でやせていた。目が異様に大きく感じられたのもやせているからだろう。

養護施設に入るには親の承諾がいるが、承諾がとれなければ家裁に申請し強制的に保護する。亜依の場合は親も承諾しているという。

ある日、亜依の母親が面会に来た。母娘はなごやかに話していた。明るい陽射しの中で見る母親から子ども虐待などという陰湿さは窺い知ることは出来なかった。母親の夏美は目のきれいな整った顔だちをしていた。

施設を引き上げる夏美に声をかけた。

真壁が身分を名乗り、話を聞かせてくれないかと頼んだ。最初は渋ったようだが、バス停までいっしょに歩き、やって来たバスに乗り込み、駅に着くころにはだいぶ打ち解けていた。

真壁が教諭を辞めたという過去が彼女の心を開かせたのかもしれない。最初は、夏美が亜依を虐待する心理を知りたいという思いで喫茶店で会っていたのだが、会う回数が増えるにつれ、酒のある場所に行くようになり、会話の内容もお互いのことに触れ合うようになった。

教諭時代、真壁には恋人がいた。が、大樹の事件が起こってから仲がぎくしゃくしだした。去って行く女を引き止める気力は、当時の真壁にはなかった。そういう話を、夏美は真剣に聞いてくれた。

夏美も、亜依の父親が母娘を捨てて失踪したと話した。夏美の亭主は子どもの世話を夏美にすべて押しつけ、家に帰ってこない日もあった。家に帰ってくるときは、たまに亜依に土産を買って来た。そして、いっしょに風呂に入ったりして亜依を可愛がったが、いったんぐずると、すぐに亜依を放り出すように夏美に渡した。女がいるらしいと分かったのは、亜依が一歳の頃だという。

亜依が四歳になったとき、父親はまったく家に帰って来なくなった。そういう話を目尻を濡《ぬ》らして、彼女は話した。

最初から亜依の子育てには苦労したようだ。夜泣きがひどく、夜中に子どもをおぶって外に連れ出すことはたびたびだった。そうしなければ、近所から苦情が舞い込む。いわば、夏美は育児ノイローゼに近かったのかもしれない。それに加えて、家をほったらかしにして、女と遊びまわっている夫に対する憎しみが夏美の心を歪《ゆが》めてしまったのか。ついに自分と子どもを捨てて家を出て行った夫。夫に裏切られた精神的な打撃が子どもに対する暴力へと向かったのだ。

なぐさめるように彼女の背中をさすってやると、彼女が体を傾けてきた。それからはお互いの傷を癒すように求め合った。

今では毎土曜日に彼女の部屋に泊まりに行く生活が続いているが、結婚という話までには至らなかった。

彼女はまだ正式に離婚したわけではない。失踪を理由に離婚が成立する三年まであと僅かだ。彼女がその気になれば、もうすぐ離婚は出来るのだ。

彼女は夫に未練を持っている。そのことに真壁は気づいていた。そして、亜依の存在も大きい。真壁は亜依の父親になるという自信はなかった。

最近では、自分にとって夏美は何なのだろうと思うようになっていた。このままではいつか夏美との仲に終止符を打つような気がしている。

夏美との将来に対する漠然とした不安の一番の大きな理由は、夏美の夫への未練よりも、もしかしたら野口の存在にあるのかもしれない。

数日後の午前中に、真壁は八王子に向かった。

バスを下りて丘を上って行くと、雑木林が切れて、愛甲園の建物が見えてきた。

学校から帰ってきた子どもたちが門を潜《くぐ》って行く。真壁は事務室に向かった。

指導員の桜井への面会を申し込んで、ロビーで待った。庭では子どもたちが遊んでいる。

全国に約五百五十の施設があり、およそ二万八千人の児童が生活している。最近は虐待を理由として入所するケースが増えているのだ。

養護施設への入所は児童相談所の判断によって行われるのであり、最初に家族や、虐待にあった子どもと接するのが児童相談所である。

最近では児童相談所が手を出せずに、みすみす子どもを虐待死させてしまうケースも多いので、ここに入所出来た子どもはまだ恵まれている。内川大樹だって、何とか早い段階で救ってやっていたら、このような養護施設で暮らすことが出来ただろうに。胸に針で刺されたような痛みが走った。

長身の桜井がやって来た。最初の取材のときからの顔なじみで、夏美と親しい関係にあると薄々感づいているようだ。

「お忙しいところをすみません」

真壁は立ち上がって挨拶《あいさつ》をした。

「さあ、どうぞ」

桜井の声に、再び椅子に腰を下ろす。

「じつは亜依ちゃんのことです。川島さんのところに一時帰宅したけどちょっとしたトラブルがあったそうですね」

「私も亜依ちゃんから聞いてびっくりしました」

桜井は深刻な顔つきになった。

「どうしてなんでしょうか」

「虐待は再発率が高いと言いますが、ここに面会に来たときには母娘、とてもむつまじく、これならば大丈夫だろうと判断したのですが」

桜井は首を傾げ、

「たった半日で母親は暴力的になったそうです。正直、私も驚いています」

「亜依ちゃんはこっちに帰ってからどうでしょうか」

「普段と変わらず、元気で過ごしています。とても元気で帰ってきましたから、まさかそんなひどいことになっているとは思わなかったんです」

虐待によって心の傷を受けた子どもは施設でもいろいろな問題行動をとるらしい。幼児では夜中に突然「怖いよ」と言って歩き回ったり、また自分より小さな子に怒りを向け、いったん火がつくとなかなか収まらない。

亜依は落ち着いているという。母親との軋轢《あつれき》が彼女に悪影響を及ぼさなかったようだ。

しかし、このままでいいというわけではない。

虐待死という最悪の結果を招くより養護施設に入所出来たほうが幸いだとはいえ、子どもにとっては家庭が一番なのである。

養護施設の職員がいくら親身になって子どもに愛情を注ごうが、実の親のようなわけにはいかない。なにしろ、職員がひとりで数人の子どもたちの面倒をみているのだ。それだけではない。子どもはやはり親のもとで育つのが最良なのだ。

「母親へのカウンセリングが必要じゃないのでしょうか」

一般に、子どもを虐待から救うことに熱心なひとでも、虐待をする親から引き離し、養護施設に入所させると、それで安心してしまうことが多いという。だが、真の解決は、親と子がいっしょに暮らせるようになることだ。

夏美と亜依のような関係は不自然であり、ふたりがいっしょに仲良く暮らせるような支援こそ大事ではないのか。

「おっしゃる通りです。養護施設でももっとそこまでやるべきなのでしょうが、人手不足なもので……」

桜井は苦しそうに言い訳をした。

「このままでは、亜依ちゃんはいつまで経っても母親といっしょに暮らすことは出来ません」

子どもが施設に入所してから、夏美は一度もカウンセリングを受けることなく過ごしてきた。亜依が変わっても、夏美自身が変わらなければ同じことの繰り返しだ。

「彼女にいい児童精神科医の先生を紹介してもらうわけにはいきませんか」

真壁は頼んだ。子ども虐待の本当の原因を探るという意味からも、親と子、両方の心を診《み》ることのできる児童精神科医にカウンセリングを受けるのが望ましいと思ったのだ。

「わかりました。探してみましょう」

桜井が答えてから、

「そうそう、野口さんというのはどんなひとなのでしょうね」

と言い出したので、真壁は思わず桜井の目を見つめた。

「野口さんのことを、亜依ちゃんはとても頼りきっているみたいですね。おじさんに言われたからお母さんのところに戻ったんだと言っていました」

野口の暗い顔が蘇る。

「父親といるような安心感があったのでしょうね」

桜井の言葉に頷きながら、ひょっとして野口が行方不明の父親に似ているのではないのかと思った。だから、夫への未練が断ち切れない夏美が野口に興味を示すのではないか。

だが、野口には暗い過去があるように思えてならない。いったい、野口とは何者なのか。

このままでは夏美の心が野口に傾斜していってしまう。何とかしなければならないと、真壁は嫉妬《しっと》とともに焦りを覚えていった。

第二章　過　去

1

秋の陽光が川面《かわも》に照り返っている。その週の土曜日、いつもより早めに秦野に着き、真壁は水無川通りに数軒ある不動産屋の中からやっと『茜《あかね》不動産』を見つけた。

ドアを押すと、禿頭《はげあたま》の男が愛想笑いを向けて迎えてくれたが、名刺を出して用件を言ったとたんに笑みが引っ込んだ。名刺にはルポライターの肩書が書いてある。取材用に作った名刺だ。

「野口さんが何かしたのですか」

名刺を指先でつまんで、不動産屋の社長らしい男は上目遣いで見た。

「いえ。そういうことではないのです。ただ、どういうひとか知りたくて」

「申し訳ないけど、そういうことは教えられないんですよ。おたくだって、わかるでしょう」

不動産屋の男は分厚い唇を突き出した。

「そんな詳しいことでなくていいんです。野口さんがいつからあのアパートに住んでいるのか、それだけでいいんです」

「なんで知りたいのか、その理由を教えてもらいましょうか」

耳たぶをいじりながら、社長らしい男は面倒くさそうにきく。

「中年男のひとり暮らしの実態のルポなんです。なにしろ、今は中年男の自殺が増えているのです。とくにひとり暮らしの男にはふと魔が襲い掛かってくるようなので」

「まさか」

男が顔色を変えた。

「野口さんがどうのこうのと言っているんじゃないんです。ただ、先日も取材していて、ひとり暮らしの四十代の男性がアパートで首吊《くびつ》り自殺をしていた現場に行き合いました」

真壁は威《おど》した。

「もし、そんなことになったら大家さんだってたいへんですからね」

真壁はわざと深刻そうな顔をして、

「野口さんって知りあいの知りあいなんですが、どこか暗い感じがするでしょう。それで、ちょっと彼のことを知っておきたいと思ったのです」

「そんな真似《まね》をするとは思えないが、確かに陰気くさいひとだ」

「やっぱりそう思いますか」

真壁は、野口を自殺などするような弱い人間とは思っていない。それより、内面に何か凄《すさ》まじいものを秘めているような気がする。

「この前も霞生湖に行ったら、ひとりで暗い顔をして釣りを眺めるでもなしに茫然《ぼうぜん》としていたな」

男が台帳をめくりながら言った。

「いつですか」

「先週の日曜日だ。私はときたま霞生湖に釣りに行くけど、よく見掛けるんだ」

夏美と行ったのとは別の日のことだ。

「半年ほど前からですよ」

自殺という威しが効いたのか、向こうから野口の引っ越してきた時期を教えてくれた。

「それまでどこにいたかはわかりませんよね」

「知りません」

「保証人はいるのでしょう」

「いるけど」

「教えていただけませんか。そのひとに会ってみたいんです」

少し迷ってから、結局教えてくれた。

保証人の名は秋葉四郎となっている。勤務先の人間らしい。自宅の電話番号を控えた。野口の勤務先は川崎市となっていた。

不動産屋を出てから青い空を見上げた。ちぎれた雲が浮かんでいる。

土曜日なので会社は休みかもしれないと思ったが、秋葉四郎に不用意に連絡をとれば野口に筒抜けになってしまうだろう。何かうまい口実はないか。

ある口実が思い浮かび、真壁は秋葉のところに電話をいれた。幸い、秋葉は在宅していた。

真壁は、小田急線の百合ケ丘《ゆりがおか》駅からバスで十五分ほどのところにある一戸建ての家を訪問した。

「先程電話をした真壁と申します」

出て来た夫人に名乗ると、すぐその背後に白髪の目立つ男が現れた。

「野口くんのことですね」

秋葉は不審そうな顔を向けた。

「お恥ずかしい話なのですが、私の妹が野口さんと親しくなりまして。それで、私としては野口さんがどういうひとなのか知っておきたくてお伺いしたのです」

真壁は電話でも言った通りの嘘《うそ》をついた。教員時代には考えられないことだった。取材の経験を重ねていって身につけた図々しさかもしれない。

「どういうひとかと言いますと？」

「はい。私も二度ほど野口さんと会っているのですが、どうも暗い印象が気になるんです。ほんとうは野口さんには奥さんも子どももいる。それが何かの事情で離ればなれになっているんじゃないかって心配したものですから」

「そうですか。まあ、お上がりください」

秋葉は玄関脇にある部屋に招じてくれた。

「確かに、彼は口数も少なく、翳《かげ》がありますからね。でも、悪い人間じゃありませんよ」

向かい合ってから、改めて秋葉が言った。

「あのひとは以前は結婚していたのでしょうか」

「そういう話もしたことがないんです。とにかく、自分のことは何も話さず、いつも殻に閉じこもっているようなところがありましてね」

「じゃあ、結婚していたかどうかはわからないのですね」

「わかりません」

「野口さんとはいつからのお付き合いなのでしょうか」

「彼がうちの会社に面接に来たときに私が会ったのです。倉庫の荷役係が急病になりましてね。その間のアルバイトの募集を見てやって来たのです。それまで個人営業のクリーニング店で働いていたそうですが、事情があって世話になった方が入院している病院に近いところに住みたいので、こっちのほうで仕事を探していると言っていました」

「世話になった方が入院している？」

「詳しいことは知りませんが、正社員ではなく、アルバイトということで採用を決めました。そのときに、彼からアパートの保証人の依頼を受けたのです」

「心配はなかったのですか」

「信じて上げたいと思わせるものがありましたからね。それに、クリーニング店に電話で確かめて、だいじょうぶだと判断したのです。安いアルバイト代で働いてもらうという同情も少しありましたが」

「どんなお仕事なのでしょうか」

「倉庫係です。荷の出し入れの確認などをやっています。仕事はそれほど忙しいというほどではありませんが、まあ、さっきも言いましたように給料は正直言って安いですね。結婚するにはちょっと苦しいかもしれません」

秋葉は妹との結婚話を信用していた。

「前に働いていたというクリーニング店はどこにあるのでしょうか」

「埼玉県でした」

「場所はわかりませんか」

「履歴書を見れば、住所が書いてあったはずです」

「ぜひ、調べていただけないでしょうか」

真壁が頼むと、

「わかりました。会社に行けば履歴書を保存してありますので、すぐわかります」

「すみません」

わかったら名刺の番号に電話をくださいと頼んだ。

「野口さんに親しいひとはいるのでしょうか」

「ほとんどひととは交わらないようですね」

「どうしてでしょうか」

「さあ、そういうのが嫌いな性格なんじゃないんですか。正直言って、彼のような人間と結婚するのはたいへんかもしれませんね。収入面でも厳しいですし」

秋葉は同情するように言った。

「そうですね。妹が諦《あきら》める何か決定的な要素があればいいんですが」

夏美が諦める何かがあればいいのだ。

「私が訪ねたことは野口さんに内緒にしていただけますか」

「わかりました。じゃあ、履歴書を見ておきましょう。わかったらすぐ電話をします」

秋葉は名刺に目を落として言った。

ひとの良い秋葉を騙《だま》していることが心苦しくなって、真壁は逃げるように秋葉の家を辞去した。秋の日暮れは早く、もう山の端に陽が落ちていた。

再び秦野に戻り、夏美のアパートに着いた。野口の部屋の前を通るとき、小窓の隙間《すきま》から部屋の中をちらっと眺めたが、野口がいるのかどうかはわからなかった。

彼女の部屋のドアチャイムを鳴らすと、やつれたような彼女が顔を出した。

「遅かったのね」

「取材があってね」

真壁は言い訳をしたが、魂の抜けたような生気のない夏美の顔を見て、真壁の言葉など上の空で聞いていることがわかった。

2

ふとしたときに亜依のことを思い出すことはあるが、会社にいるときや外に出ているときは忘れていた。

さわやかな気候だ。草木も黄ばみはじめている。夜はこおろぎの鳴き声が聞こえてくる。会社を終えて秦野駅に着いてから、途中にある生鮮館に寄って果物を買い、アパートに戻った。

外はすっかり暗くなっている。隣の部屋のドアの閉まる音がした。野口が帰ってきたようだ。すぐに、果物の入った紙袋を持って廊下に出た。

野口の部屋のドアチャイムを鳴らす。

しばらく経って、野口が顔を出した。

「先日はいろいろありがとうございました。これ、お世話になったお礼です」

「こんなことをされなくてもいいのに」

野口はぶっきらぼうに言ったあとで、

「ちょっと上がりませんか」

と、誘った。意外だった。

「は、はい」

戸惑いながら、夏美は部屋に入った。

夏美の部屋と同じ造りなのだが、どこか殺伐とした感じがする。男のひとり住まいだからというだけではなさそうだ。家具が少ないせいだ。

ここには憩いがない。そんな感じがした。

ダイニングキッチンのテーブルに向かい合った。小さなポットからお茶をいれてくれた。

「おいしいわ」

一口すすって言う。

「このお茶ですね」

茶は秦野市の名産である。湿気が多く、温暖な土地が茶畑に適しているそうで、秦野市の茶畑はその条件をすべて満たしているのだという。

「地酒もおいしいのですが、今はもっぱらお茶なんです」

野口は言った。

「以前は呑《の》まれたのですか」

「ええ」

全国名水百選指定の秦野市だけに、清流を使っての地酒も有名らしい。また、名水で作られる蕎麦《そば》も有名だと野口は言った。

野口はもともとこの土地の人間なのかもしれないと思った。

夏美が湯飲みを置くのを待っていたように、野口が口を開いた。

「他人がよけいな口出しをする権利はありませんが、このままじゃいけない」

ずいぶん亜依のことを気にかけてくれているようだ。

亜依は野口に心を開いていたようだから、いろいろ話をしたのだろう。亜依が何と言っているのか知りたいと思った。

「子どもは親に絶対の安らぎを求めているんじゃないですか。それに応えてやらなければならないと思います」

野口は控えめだがはっきりと言った。

「わかっているんです。わかっていながら、あの子の顔を見るとどういうわけかいらいらしちゃうんです」

夏美は真情を吐露した。

「亜依の幼い頃の思い出というと、夜泣きや熱を出したり、私が何かをしようとしたときいつも邪魔をされたことばかりが思い出されるんです」

亜依が自分を見つめる目。そこに自分に対する非難がこめられているような気がした。幼児の頃の恨みを忘れずにいるのか。

それを言うと、野口は否定した。

「子どもは母親といっしょにいたいんだ。親と暮らしたいんだ。親だって、そうだ。子どもといっしょにいたいんだ」

むきになって言う野口を初めて見た。

自分だって亜依と暮らしたい。腹を痛めた子どもなのだ。可愛くないわけはない。だが、亜依の顔を見ると、いらいらする自分をどうすることも出来ないのだ。

「あなたも辛いんだ」

野口がぽつりと言った。

あなたも、と言った野口の声が耳から離れない。呻《うめ》き声のようにも聞こえた。

「亜依は野口さんに何を話したのですか」

夏美は知りたかった。亜依が何を言い、それに対して野口がどう応えたのか。

「施設での暮らし振りを話していた」

「そうですか」

「友達もいて、先生もやさしいと言っていた。でも、寂しいって」

「寂しい？」

「すべてを受け入れてくれるのは親しかいないんだ。亜依ちゃんは親を求めている」

「亜依はどうして野口さんに懐いたのでしょうか。あの子は人見知りするたちなんです。なかなか他人には心を開かないんです。それなのに、野口さんの言うことは素直に聞いて、私のところに戻ってきた」

野口に父親を見ていたのかとも思うが、亜依の父親はほとんど亜依の相手をしなかったのだ。たまには風呂にいれたり、膝《ひざ》に抱っこしたり、一見子煩悩のように見える。だが、一度亜依がぐずれば、夏美に押しつけ、二度と亜依のことを振り返ろうとしなかった。

そして、亜依が四歳のときに家族を捨ててどこかへ行ってしまった。そんな父親を恋しいと思うのだろうか。それとも、自分を可愛がってくれているときの父親の姿が忘れられないのだろうか。

「人間と人間との付き合いをしただけです。子どもだって、立派な人格を持っている。それを尊重してやっただけです」

それだけだろうか。それだけで、あれほど心を許すものなのか。野口に何かを見出したのではないか。母親に求めて得られなかった安らぎかもしれない。

静かな夜だ。今、何時だろうか。ここに来て一時間近く経つ。野口は帰って来たばかりで夕飯だってまだなはずだ。

しかし、夏美は立ち上がることを忘れていた。野口と話していると、なんだか穏やかな気持ちになった。

野口が話し合いは済んだというように立ち上がったのは、夏美に帰ってもらおうとしたのか。だが、夏美はまだしばらくここにいたいと思った。

「いつだったか、弘法山公園で野口さんを見かけました。それから震生湖でも」

とっさに口をついて出た。

「ああ、知っています」

野口はあっさり答えた。気づかれていたとなると、真壁のことも見られていたというのか。しかし、野口はそのことは口に出さなかった。

「何をしていたんですか」

「別に。行くところがないから行っただけですよ」

そうだろうか。バスに乗り、そして弘法山公園までわざわざ登っているのだ。行くところがないからという理由だけで、そうまでして行くだろうか。

しかし、それ以上問いただすような真似は出来なかった。

亜依の話題が去ると、とたんに野口の口が重くなった。そろそろ引き上げるべきなのだろうと思いながら、夏美は気持ちが伴わない。

「私、ここに来て、はじめて前田夕暮という歌人のことを知りました」

何か話さないと、落ち着かなかった。

「夕暮は旅が好きだった。夏休みや冬休みには子ども連れての家族旅行を恒例にしていたそうだ」

野口が自分の胃の辺りを押さえながら言った。

「そうらしいですね。いいお父さんだったんでしょうね」

「そう、大正十年頃から昭和初期まで、ふたりの子どもを連れて各地に旅行をしています。その旅で六十五首を作っているんですが、当然子どもを詠んだ歌も幾つかあります」

野口が目を細めた。

「野尻湖での歌にこういうのがあります。疲れたる子等《こら》をいたわりおのれまたいたわられつつ草にいるかも」

「詳しいのですね」

野口がもともと秦野市の人間だったのは間違いないような気がしてきた。

「一度、亜依ちゃんと旅行でもしたらどうですか。子どもには親との思い出が大事だ」

子どもの話になると、突慳貪《つっけんどん》な冷たい態度が一変し、親身な情が感じられた。やはり、野口には子どもがいるのだ。

今は離婚しているのであろう。改めて野口から痛ましいほどの孤独感を受けた。

「夕飯の時間にすっかりお邪魔して申し訳ありませんでした。お詫《わ》びに、私に夕飯の支度をさせてください」

「いえ、気にしないでください」

「でも」

「ひとりのほうがいいんです」

もう野口は玄関に向かっていた。やむなく、夏美は椅子《いす》を立った。

「いろいろありがとうございました」

「亜依ちゃんに何度でも会いに行ってやることです」

「はい」

夏美は廊下に出た。

振り返ると、野口は腹を押さえて苦しそうな顔をしていた。

「大丈夫ですか」

「ええ、気にしないでください。じゃあ」

野口は強引に夏美を追い出したように思えた。

数日後、夏美は午後から会社を早退し、厚木駅から歩いて十分ほどの場所にある病院に行った。

夏美はそこの診察室で、児童精神科医の井口医師と向かい合っていた。愛甲園の桜井からの紹介だった。

一時帰宅のときの亜依の行動について、井口が夏美に説明した。

「亜依ちゃんはお母さんの愛情が欲しいのです。愛情に飢えているのです。そこにお母さんが自分の思い通りの愛情を示してくれないと、今度は暴れて、お母さんを挑発して怒らせて自分に関心を向けさせようとするのです」

理解出来るようでいて納得出来ない部分もあった。そんな夏美の心に気づいたように、井口は続けた。

「あなたが面会に来たとき、とても和やかに接しているそうですね。でも、それは周囲の目があるからではないでしょうか。他の誰かがいれば、お母さんに素直になれる。それは、お母さんが自分に何もしないという安心感からです」

確かに、第三者がいれば亜依はいい子だ。

「ところが、お母さんとふたりきりになると、怖くなるんですよ。お母さんが自分に何かするのではないかという恐怖心が生じる。幼い頃のトラウマでしょうか」

「どうしたらいいんでしょうか」

井口は穏やかな声で言った。

「お母さんが変わらなければだめです」

「でも、あの子の目を見たら、どうしようもなく、いらついてくるんです。いったんそうなると、自分を抑えきれなくなってしまうんです」

「でも、誰かが傍《そば》にいれば、そういうこともないんでしょう？」

「幾分は違いますけど」

「じゃあ、だいじょうぶです。あなたは自分を抑えられる人です。あなたはひとりで亜依ちゃんを育ててきた。よくやって来たと思います。子育てはたいへんですからね。完璧《かんぺき》にやろうとするから無理が起きるのです」

井口が口調を変えた。

「失礼ですが、ご主人は？」

「三年前に家を出て行きました」

そう言うと、井口は厳しい表情をした。

「あなたはご主人のことをどう思っていらっしゃるのですか」

「どうって……」

返答に窮した。

「まだ、ご主人のことを？」

夏美が川島達男と知り合ったのは、お互いの会社が同じビルの中にあったからだ。毎朝同じ電車から下りて会社まで歩く。同じエレベーターに乗り、川島は五階でおり、夏美は七階まで上がる。昼食時間に外に行くときも顔を合わすことが多かった。

毎日顔を見ているうちに、長髪でインテリふうの顔だちを意識するようになった。ある日、残業で遅い帰宅になったとき、五階で停《と》まったエレベーターの扉が開き、向こう側に川島が立っていた。

思わず夏美は頭を下げていた。知り合いだという錯覚があった。彼も、

「こんなに遅くまで残業ですか」

と、気さくに声をかけてきた。

エレベーターの中でふたりきりだった。彼の腹の虫が鳴った。夏美は思わず噴き出した。

彼はあわてて、

「きょうは忙しくて昼食も少なかったので」

と、言い訳をした。

エレベーターを下り、駅までいっしょに歩いた。また、彼の腹の虫が鳴った。

「あの、食事していきませんか」

彼は遠慮がちに言った。

それから交際がはじまった。そして、結婚まで半年足らずだった。

一年後に亜依が生まれた。夫は子どもを可愛がった。が、幸福な暮らしは長続きしなかった。彼に女がいることがわかったのだ。

他の女を抱いた手で亜依を抱っこし、亜依も父親に甘えた。憎しみは夫だけではなく亜依にも向かった。相談できる親兄弟や友人のいないことが夏美の不幸だった。

その後、夫はリストラにあって会社を辞めた。暮らしに窮し、夫の実家の援助を得てどうにかやって来た。

再就職した夫がまた女をこしらえた。外泊することが多くなり、女と旅行に行くこともあった。

夫の帰らない夜、亜依はぐずった。夏美はいらだっていた。亜依を押し入れに閉じ込めた。泣き声がますます大きくなると、手拭《てぬぐ》いで猿ぐつわをし、亜依の体を縛り上げた。

亜依が憎かった。夫は自分には愛情を示さず、他の女と亜依にだけはやさしかった。だが、亜依を可愛がるのは亜依の機嫌のよいときだけ。いったんぐずると、夏美に押しつけた。

夫が新しい女と家出をしたあと、夏美のいらだちは極限にまで達していた。いったん亜依を殴りつけると、歯止めがきかなくなっていたのだ。

あるとき、突然警察がやって来た。近所のひとが亜依の悲鳴を聞いて、警察に電話をしたらしい。

「お子さんの悲鳴が聞こえてきたそうですが」

「躾《しつ》けです。この子は何でもあきっぽくて、ものを粗末にするんです。わがままを直そうとしているだけです」

警察はそのまま引き上げた。

が、納得がいかなかったのか、福祉事務所に告げたらしい。そこから児童相談所にも連絡が入り、やがて児童相談所の児童福祉司が家を訪れるようになった。

あのとき、亜依が施設にはいらず、夏美と暮らし続けていたら最悪の事態になっていただろう。

「ご主人ともう一度やり直すことは出来そうもないのですか」

井口医師の声に、夏美は我に返った。

「未《いま》だに行方がわかりませんから」

夏美は悲しみや悔しさを抑えて言った。

独身時代には見抜けなかった男の本性がうらめしかった。夫が女と手を切り、家庭を大事にしてくれていたら亜依に乱暴をするようなことはなかったはずだ。

「あなたはほんとうはご主人のことが忘れられないんじゃないですか」

　夏美ははっとした。

「そうなんですね」

「わからないのです」

　確かに、裏切られた憎しみや悲しみの一方で、心のどこかに夫の帰りを待ち望んでいる気持ちがある。

「亜依ちゃんを見ていていらだちを覚えるのは、ようするにご主人のことに結びつくからかもしれませんね。酷なようですが、あなたの気持ちの切り換えが必要かもしれません」

　そうかもしれないと、夏美は思った。夫への怒りと未練がない交ぜになって精神を歪《ゆが》めているのかもしれない。

「あなたには心を打ち明けられるひとがいますか」

「いえ、父と母はもういませんので」

　ふと真壁の顔と同時に野口の顔が浮かんだ。

「そうですか。何かあったら自分で抱え込まないで、誰かに相談することです。もし、相談する相手がいなければここに来てもいい。あるいは愛甲園の桜井先生にでも電話をかけるんです」

　今最も自分を支えてくれているのは真壁だ。だが、真壁に何でも話せるかというと、見えない仕切りがあった。それはやはり自分の夫への未練が作っていた境界だったのかもしれない。

夫への未練。そのことを、真壁自身も気づいているのかもしれない。

その後、諸々《もろもろ》の話をし、その日のカウンセリングを終えて、夏美は病院を出た。

外に出ると、だいぶ陽が傾いていた。

3

パソコンを打つ手を止め、真壁はメモ用紙を眺めた。そこに『大木ランドリー』という店の住所が書いてある。埼玉県越谷市《こしがやし》だ。

先日、秋葉四郎が履歴書を調べて知らせてくれたのだ。

そこに五年ほど勤務している。それ以前の勤務先の記載はなかったという。

本籍地は福島県。しかし、真実の記載ではないような気がする。野口が過去を隠したがっているように思えてならないからだ。あの暗く沈鬱《ちんうつ》な表情はよほどの過去があるに違いない。

なぜ、野口のことを調べようとするのか。あの男の本性を暴き、夏美の野口に傾斜していく気持ちを抑えようという思いはある。しかし、それだけだろうか。いや、それだけではない。野口の何かが俺を引き寄せるのだ。

原稿の区切りがついてから、その日の午後、真壁は北千住から東武線に乗り、越谷に向かった。

越谷市は埼玉県南東部に位置する。古利根川《ふるとねがわ》、元荒川、葛西用水《かさいようすい》などの用排水路が整備され、江戸時代より穀倉地帯として栄えた。

越谷駅東口を出て市役所前中央通りを進む。川に出た。元荒川だ。橋を渡り、左に折れて図書館のほうに行く。

住所を見ると、この辺りになるのだが、大木ランドリーという店はない。途中で、薬局に入って訊《たず》ねると、大木ランドリーは今はもうないという。

主人夫妻は元店があったその場所に住んでいるというので、道順を教えてもらってそこに向かった。

路地を入った所に、それらしい建物があった。表札に大木房夫とある。

ガラス戸を押して中に入ると、カウンターがあり、後ろの壁に棚もあって、クリーニング店の名残《なご》りがあった。

「すみません」

真壁は奥に向かって呼びかけた。

六十半ばかと思える婦人が出て来た。

「こちらで野口康介さんが働いていたことがあると聞いて伺ったのですが」

真壁が切り出すと、婦人は目を見開いて、

「野口さんに何かあったのですか」

と、あわてたようにきいてきた。

「いえ」

「野口さんは元気なんですね」

婦人は矢継ぎ早にきいた。

「ええ、元気です」

「そうですか」

ほっとするような表情をしたのは、野口のことを心配していたかららしい。

「野口さんのことでお聞きしたいことがあって参りました」

「ちょっと待ってください」

いったん奥に向かい、婦人はすぐに戻って来て、

「どうぞ、お上がりください」

と、招じた。

狭い居間に通された。すぐに白髪の七十前後と思える男がやって来た。野口の雇い主だった大木房夫で、最初に応対に出た婦人は妻の辰子《たつこ》だった。

房夫の言語がやや明瞭《めいりよう》さに欠けるのはどうやら病気をしたせいらしい。

「一度、川崎のほうの会社のひとから身元確認のような電話があったので、そっちのほうで暮らしているらしいとは思っていたのですが。そうですか、野口さん、元気でやっているのですか」

房夫は安心したように目を細めた。

「じつは私の妹が野口さんと親しくなりました。でも、野口さんのことがよくわからないのです。野口さんがどういう人間なのか、教えていただけたらと思いまして」

秋葉に言ったときと同じ言い訳をした。

「野口さんが妹さんと？」

房夫も辰子も不思議そうな顔をした。

「それは結婚ということですか」

「ええ、まあ」

またふたりは顔を見合わせた。

「何か」

「いえ、なんでもありません」

結婚のことで何か野口には障害がある。それで、夫妻は驚いたのではないかと思い、真壁は付け加えた。

「じつは妹がその気なのですが、野口さんのほうがはっきりしないようなのです。それで、私がひそかに野口さんのことを調べているんです」

「そうでしょうね」

房夫は大きく頷《うなず》いた。

「どうして、野口さんはこちらで働くようになったのでしょうか」

真壁は本題に入った。

「野口さんは募集の張り紙を見てやって来たんです」

そう言って、房夫は当時のことを語り出した。


神田にある大きなクリーニング店に勤めていた房夫が独立し、この地でクリーニング店を開いたのは四十歳のときだった。

辰子と使用人ひとりを使い、店も順調にいっていた。ところが五年前に脳梗塞《のうこうそく》で倒れてからうまく行かなくなった。幸い、生命《いのち》は取り止めたが、退院しても半身に後遺症が残り、思うように仕事も出来ない。

そのうちに、使用人も見切りをつけて辞めてしまったので、新たな募集の張り紙を店の前に出しておいた。が、なかなか応募はなかった。

もう諦めて店を畳もうかと、ふたりで相談していたときに、ふらりと入って来た男がいた。三十四、五歳の年齢に思えた。

「表の張り紙を見たんですが、こちらでひとを募集しているのですか」

「そうですが」

「私を雇っていただけないかと思いまして」

三十半ばぐらいだから、どこかのクリーニング店で働いていたのだろうと思った。が、クリーニング業ははじめてだという。

暗い感じの男だったが、目が澄んでいたので、印象は悪くなかった。真面目《まじめ》そうに思えた。

「ざっくばらんに言いますと、そんなに給金は出せないんです。たぶん、そのことで折り合えないと思いますよ」

房夫は最初から無理だと思っていた。若ければいいが、三十半ばでこの給料は安過ぎると思ったのだ。だが、男は平然と言った。

「いくらでも構いません」

妻と顔を見合わせてから、

「お名前は？」

と、きいた。

「野口康介です」

「どこにお住まいですか」

「足立区《あだちく》にある新聞販売店に住込みで働いています。もし、こちらで雇っていただけるなら、近くにアパートを探すつもりです」

福島のほうからやって来たと言ったが、そっち方面の訛《なま》りはなかった。が、深く詮索《せんさく》はしなかった。

氏名、年齢、連絡先を紙に書いてもらって、あとで連絡すると言った。

房夫は辰子と相談した。

「悪そうなひとじゃなかったわ」

辰子が言う。

「そうだな。ただ、いつまでやってくれるかわからない。お金もいくらでもいいと言うんだから、おそらく腰掛けのつもりだろう」

「それならそれでいいじゃないですか。どうせ、あのひとが来なければ閉店するしかないんだから」

「それもそうだな。店を閉じる時期を少し延ばしたということでよしとして、来てもらうことにするか」

一応、嫁に行った娘に電話で相談すると、賛成してくれた。

それから二週間後に、野口は近くのアパートに引っ越してきた。アパートを借りるときの保証人になったのも、不誠実な人間ではないと思ったからだ。

野口は真面目だった。口数が少ないが、仕事はよくやった。依頼は衣類や革のコートなどが多いが、シーツやカーテン、絨毯《じゅうたん》などもある。

業務用の洗濯機や脱水機を使い、壁の棚に用途別に仕分けして納める。そういう仕事を毎日いやな顔をせずにやっていた。やがて、器用にアイロン掛けもこなすようになった。

半年が過ぎ、一年経っても辞める気配はなかった。

夜遅くまで働き、作業場を掃除して帰って行く。休日でも仕事がたまっていれば、いやがらずにやってくれる。

あるとき、房夫が言った。

「クリーニング師の資格をとったらどうだね。そしたら、自分で店を持てるよ」

「いいんです。私はこれで」

安い給料で働き、野口はたまに大衆食堂で酒を一合ほど呑む程度で、あとは店とアパートの往復だった。

いったい何を楽しみに生きているのだろうと、房夫と辰子は不思議に思った。まるで世捨て人のような生活だった。野口は過去を語ろうとしないので、何か深い理由があるのだろうと思ったが、あえて詮索はしなかった。

野口が痩《や》せてきたのは三年ぐらい経ってからだった。独身者で、あまり栄養のあるものを食べていないせいだろうと思ったが、食欲がなく、ときたま胃の辺りを押さえていた。

吐き気を催していたのを見て、

「野口さん。一度医者に行ってきなさい」

と、辰子は心配して勧めた。

「おまえ、ついていってやったほうがいい」

そこまでしなければ病院へ行こうとしないだろうと思い、房夫は辰子に言った。

市民病院に行き、内視鏡検査の結果、潰瘍《かいよう》が見つかった。悪性かどうかの判断のために組織検査を行った。その結果、ガン細胞が検出されたのだ。

「医師はなんと？」

真壁は息を吸い込んでからきいた。

「そのときは早期なので手術をすれば治ると」

「野口さんはどんな様子でしたか」

「ショックを受けたのは顔色が変わったことでもわかりましたが、意外と落ち着いていて、手術をしないとどうなりますかときいていました」

「手術をしないと、ですか」

「ええ。手術をしないで何年もちますかってきいたんです」

ずいぶん冷静だ。どうしてそんなに落ち着いていられたのか。

「医師は何と?」

「このままではもって三年、早ければ一年未満と言いました。でも、手術すればガンを退治出来ると。すると、手術をすれば五年以上は生きられますかってきいていました」

「五年以上ですか」

五年以上と言ったのはなぜだろうか。五年という年数に意味があるのだろうか。

「それで手術をしたのですね」

「そうです。胃の三分の二を摘出したそうですが、手術は成功し無事に退院しました。店を一ヶ月ほど休んだだけで、また以前のように働き出しました」

房夫はそう言って、その後の野口の様子を語った。


相変わらず、野口は黙々と働いていた。

ちょうど今から一年前のことだ。いつもスーツやブラウス、冬になれば毛皮のコートを出しにくる女性客がいる。枝川ありさという女性だ。会社勤めらしいが、器量もよく、人柄もいい。三十過ぎで独身、年格好もよいので、房夫と辰子は野口にどうだろうかと思っていた。

あるとき、房夫は駅で偶然、会社帰りの枝川ありさに会った。向こうもクリーニング店の親父を覚えていてくれた。

途中まで帰り道がいっしょなので並んで歩き、房夫はそれとなく打診してみた。

「あなたほどの女性だから、当然彼氏はいるんでしょうね」

「とんでもない。いないんですよ、今はひとり」

彼女は白い歯を見せて笑った。

「それはもったいない。どうです、うちで働いている野口くんは？」

すぐに返事がなかった。

「彼のこと、どう思いますか」

「翳があるようですけど、渋くて素敵だと思います」

彼女が真顔になったのを見て、房夫は脈があると思った。

「だったら、付き合ってもいいのですか」

「私のようなものじゃだめです」

「そんなことはない」

房夫はうれしくなった。

彼女は浅草にあるアパレル関係の会社に勤めているということだった。

帰宅して、房夫は辰子にその話をした。辰子もその気になった。

去年の晩秋の日曜日の夜、その日が野口の誕生日だと言うので、辰子は野口を自宅での食事に誘った。そこに、枝川ありさも呼んだのだ。

野口は終始無表情だったが、機嫌が悪いという雰囲気でもなかった。

ふたりはいい感じに思えた。ありさは積極的なほうで、日曜日には野口を誘ってあちこちに行ったようだ。

この近辺には、梅林公園や古利根川など、散策するにはいい場所があり、また歴史的に由緒のある寺なども多い。

野口に辛い過去があったことが想像出来る。が、過去は過去である。今を、いやこれからの人生を考えなければならない。ありさとの交際がうまく行ってくれるように祈った。

しかし、房夫たちの期待は虚《むな》しかったようだ。十二月に入ってから、ありさが店にも姿を現さなくなった。

日曜日に房夫はありさのマンションを訪ねた。

「失恋したわ」

ありさが寂しそうに呟《つぶや》いた。

「いつ再発するかわからない爆弾を抱えている身だから、あなたを守ってあげる自信はないんですって言われたんです」

本心で言ったのかどうかはわからないが、野口の体に不安が芽生えているのは間違いないような気がした。

最近、また痩せてきたようなのだ。

しかし、ありさとの件は病気が理由ではないような気がした。

年が明けて、一月の半ば頃、つまり今年の一月半ばのことだが、ふらりと店に入って来た男がいた。

房夫は冷たい風が吹き込んで来て顔を上げたが、ひんやりしたのはその男の持つ雰囲気のせいのような気がした。いかつい顔の目つきの険しい男。一瞬、ふつうの人間ではないと思わすに十分だった。

男は野口と顔を見合わせてから、すぐ店を出て行った。

「奥さん。すみません。ちょっと出てきます」

そう言い、野口も追いかけるように店を出た。

十分足らずで帰って来た野口の表情を窺《うかが》うと、少しばかり興奮しているような気がした。男との話し合いが僅《わず》かな時間で済んだとは思えず、仕事が終わったあとにどこかで会うのかあるいは先にアパートで待つように言ったのだろうと思った。

その日から野口の様子が変わってきた。顔が厳しくなった。ガンの再発の可能性もあるが、あの男の出現が野口を変えたように思えた。

「野口さん。あの男は誰なんですか」

あるとき、房夫は訊ねた。

「昔の知り合いです」

「名前は？」

いつにない房夫の強い口調に、

「菱川《ひしかわ》です」

と、野口は戸惑いぎみに答えた。

「私はあの男とは関わらんほうがいいと思うよ」

房夫は言った。

二月になって、突然、野口から店を辞めたいと切り出された。

「勝手で申し訳ありません」

野口が頭を下げた。

「うちのことは心配しないでいい。でも、これからあんたはどうするんですか」

心配になってきいた。

野口は今年四十になる。このままこの店で人生を費やしていくこと自体が不自然だった。だが、野口は家族のような存在になっていた。房夫や辰子にとって、野口は単なる使用人以上の存在であり、家族の一員でもあった。

「野口さんはよく働くひとでした。給金だって安いのに夜遅くまで働いていました。だから、お店を野口さんに譲ってもいいと思っていたんです」

辰子が残念そうに言った。

「どうして、突然辞めていったのでしょうか」

「わからないんです。ただ」

辰子は言葉を濁した。

「菱川という男が訪ねて来てから、野口さんの様子も変わって行ったようです。あの男が来さえしなければ」

「菱川が何者かはわからないのですね」

「昔の知り合いだとか言っていましたけど、私たちの目から見れば堅気とは思えません」

房夫が厳しい顔で言った。

真壁は菱川という男の特徴を頭に刻み込んでから、

「こちらに来る前に勤めていたという新聞販売店はどこかわかりませんか」

「わかりません。住所を書いてもらったメモをなくしてしまいましたので」

ふと思いついて、

「枝川ありささんに会ってみたいのですが、まだこちらのほうにいらっしゃるんでしょうか」

彼女は野口と結婚の話をしたのだとしたら、かなり立ち入ったことも話しているのではないかと思った。

「リストラにあったそうで、今年の夏にマンションを引き払い、実家に帰りました」

「実家はどちらですか」

「弘前《ひろさき》です。青森県の」

「弘前ですか」

遠いところに行ってしまったと、真壁は落胆した。が、彼女にはどうしても会いたいと思った。

「住所はわからないでしょうね」

「去年、枝川さんの実家からりんごを送ってもらったじゃないですか」

辰子が思い出したように言った。

「そうだった。礼状を書いたから実家の住所がどこかに控えてあるかもしれない」

辰子が立ち上がって奥へ引っ込んだ。

「野口さんとのことで世話になったという礼でした」

辰子が大判の手帳を持ってきた。

真壁は枝川ありさの実家の電話番号を控えた。もし、彼女が実家に戻っているのなら、弘前まで行くことも考えた。

大木の家を辞去し、真壁は越谷駅に向かった。

数日後の夜に、青森の実家に電話を入れた。しかし、彼女はまた東京に出たという。連絡場所を教えてもらいたいというと、警戒したらしく、娘から連絡をさせるということだった。

このままでは連絡が来ないと思い、野口康介さんのことでお聞きしたいことがあるのだと伝えてもらうように頼んだ。

4

電車に中学生らしい学生数人が乗っていた。大樹も生きていれば、いずれ中学生になり、思い切り青春を謳歌《おうか》したであろう。

命を落とさないまでも、親からの虐待を受けた子どもは精神を病んだままおとなになっていく。やがて、自分が親になったとき、今度はわが子を虐待するようになる。虐待の連鎖だ。

乳母車を脇に置き、幼児を抱っこしている母親がシルバーシートに座っている。幼児は小さな手で母親の手をいじっている。

真壁は教師になったとき、すべての子どもはあのように親の愛情を一身に受けて育ってきたものとばかり思っていた。

内川大樹のような子ども、いや大樹の母親のような人間がいるということは想像外のことだった。

下車駅に着いた。改札にさっきの母子がいた。乳母車の中で幼児が小さな手を叩《たた》いてはしゃいでいた。

十一月二日、立冬を迎えるというのに暖かい日和《ひより》だった。真壁は千葉県にある霊園を訪れた。

きょうは内川大樹の命日だった。毎年、命日には墓参に来ている。花が新しいのはつい今し方に誰かが手向けたのだろう。毎年、親戚のひとがやって来ているようだった。

墓前に手を合わせ、

「先生がもっとしっかりしていれば君を死なせることはなかったのだ。ごめんよ」

と、真壁は詫びた。

顔は青白で、目は落ち窪《くぼ》み、頬《ほお》はそげ落ち、手足が骨のようにやせ細って変わり果てた姿。二度と口を開くことの出来ない大樹と病院の霊安室で対面したときの衝撃と悲しみが蘇《よみがえ》ってくる。

大樹の死が改めてクラスの仲間に命の尊さを教えていた。君の死は決して無駄にはならない、と葬儀の遺影に向かって心の中で叫んだことを、きのうのように思い出す。

大樹は食事も満足に与えられず、空腹を訴えるたびに折檻《せっかん》を受けていた。体中に痣《あざ》をこしらえていたのはしょっちゅうだった。

なぜ、大樹は助けを求めようとしなかったのか。授業中に声をかけたとき、なぜ訴えてくれなかったのか。自宅を訪問したとき、なぜふとんから飛び出して来て助けてと言えなかったのか。

最初は不思議だった。しかし、いろいろな実態を見て来た今ならわかる。子どもは虐待を受けていても親を庇《かば》うものなのだということを。

子どもにとって、親は無条件に自分を受け入れ守ってくれる唯一の存在なのだ。それを否定することは自分の存在をも否定するに等しい。

無責任教師として周囲から一斉に糾弾されたとき、俺に何が出来たのだという反発もあったが、今になって振り返れば、やはり自分が動かなければだめだったのだと思うようになった。

確かに、児童相談所が一時保護に踏み出してくれていたらという思いもあった。しかし、最も大樹を助けることの出来る立場にいたのは自分なのだ。

墓前を離れて歩きだしたとき、向こうからやって来る女性に出会った。真壁が立ち止まると、相手も足を止めた。

「先生」

先に呼びかけたのは相手の女性だった。

真壁はそれが内川大樹の母親だととっさには思い出せなかった。化粧気のない顔、地味な服装。まだ三年ちょっとしか経っていないのに、彼女は十年の歳月を経たように思えた。

「大樹のために来て下さっているのですか。ありがとうございます」

彼女は頭を下げた。

「いえ、当然ですから」

真壁は何と挨拶《あいさつ》してよいかわからず曖昧《あいまい》に言った。確か懲役三年の実刑判決を受けたはずだ。そうか、もう出て来たのかと歳月の流れの早さを感じた。

彼女は線香を手向け、長い間合掌をしていた。

家を訪れたとき、大樹は臥《ふ》せっていて誰とも会いたがらないと彼女は言った。その表情に深刻さは微塵《みじん》もなかった。だが、その頃、大樹の体の衰弱は相当にひどかったはずなのだ。

立ち上がって墓前から離れた彼女は真壁がまだそこにいることを不自然とも思わなかったようだ。

いっしょに霊園を出た。

「先生はあのあと学校をやめられたそうですね」

彼女が口を開いた。

「私たちのためにずいぶん酷《ひど》い目にあったそうで、改めてお詫びいたします」

「いえ。あくまでも私の問題ですから」

「久保先生からお聞きしました。大樹は先生によくしていただいて喜んでいたと思います。あの頃の大樹の味方は先生だけだったんですね」

真壁の胸が疼《うず》いた。

「よく大樹が言っていたんです。真壁先生に心配させてしまうから会いたくないって。あの子はほんとうは先生に会いたかったんです。でも、それを言うと、私たちが怒り出すので口に出来なかったんです」

「じゃあ、大樹くんは……」

「あの子は自分の気持ちを表に出すことが出来なかったんです。ほんとうは先生に会いたかったんです」

思いがけない大樹の心情を聞いて、真壁は胸が塞《ふさ》がれそうになった。大樹は自分に必死になって助けを求めていたのかもしれない。もっと積極的に大樹に関わりを持つべきだったのだ。

駅につくまでお互いに無言で通した。何か口にすれば塞ぎかかった傷が疼く。そんな怯《おび》えもあったが、それ以上に心のどこかに大樹を死に追いやった母親への怒りがくすぶっていたのかもしれない。しかし、その一方で、子どもを虐待死させた母親の今のほんとうの姿を知りたいという欲求もあった。

駅についたとき、彼女が思いついたように言った。

「先生。お時間がおありでしたらちょっとお茶でもいかがですか」

「はい」

真壁も望んでいたことなので、断る理由はなかった。

通りをはさんだ向かい側にある喫茶店に向かった。

窓際のテーブルで向かい合った彼女は、不思議なことにさっき霊園で会ったときの印象とはまったく別人のように若やいで見えた。墓参りをして心の重荷が少し軽くなったのだろうか。

コーヒーを頼んだあとで、彼女が呟くように言った。

「親になるというのは難しいものですね」

慙愧《ざんき》の言葉なのだろう。

「先生は結婚なさっているのですか」

「いえ、まだです」

「そうですか」

「いつ出てこられたのですか」

気を遣いながらきいた。

「二ヶ月ぐらい前かしら」

彼女は窓の外に目を向けて言った。電車が着いたのだろう。駅の階段から続々とひとが下りて来る。

「先生は私を鬼のような女だと思っていたんでしょうね」

「いえ。そうだったら、どんなに楽だったかわかりません」

「楽?」

驚いたように顔を向けた。

鬼のような女から子どもを助け出すのはある意味では容易だったかもしれない。だが、彼女が鬼になるのはひそかに、自分の子に対してだけだった。

久保弁護士から聞いた話では、彼女はよその子どもにはやさしい。友人の子どもを可愛がった。近所の彼女の評判も決して悪いものではなかった。

ただ、彼女は自分より年下の夫に目が向いて、子どものことなど眼中になかったのだ。年下の夫との生活に大樹は必要のない存在だった。

彼女は自分第一に考えた。母親である前に女だったということだ。それでも、自分が腹を痛めた子どもを虐待するのは、やはりどこか心を病んでいるとしかいいようがない。

コーヒーが届いたが、香りを味わう余裕はなかった。

「私は未熟児で生まれたらしいの」

彼女が問わず語りに話しだした。

「母は父の浮気に悩んでいて、悔しくて父に似ている私に当たり、私を殺そうとしたこともあったようね」

彼女は自分のことを語った。

「私が近寄っていくと、傍に寄るな。顔を見たくないと怒鳴られたことも度々。私を縛り上げて押し入れに一晩中閉じ込めたり、食事をくれなかったり、ちょっとでも喚《わめ》けばお風呂に顔から入れられたり、いつも体中に疵《きず》や痣が絶えなかったわ」

この話は久保弁護士から聞いていたが、いざ本人から聞かされると胸が抉《えぐ》られたようになった。

「だから、途中で親戚に預けられ、母といっしょに暮らすようになったのは高校生になってから。中学校ではいじめにあって、何度死のうとしたかわからない。いっしょに暮らしはじめたけど、母とは他人同士みたいだったわね。でも、その母が死んだとき、涙が出た。あんな母親は早く死んでしまえと思っていたのにね」

ふと彼女が顔を向け、

「こんな話、つまらないかしら？」

「いえ。聞かせてください」

彼女はコーヒーを一口すすってから続けた。

「私は会社に入って二年目に職場で知り合った彼と結婚して大樹を生んだの。でも、彼は仕事が忙しく家庭を顧みなかった。いつしか、私は大樹に手を出すようになっていたわ」

個別面談で会ったときの彼女にはこのような過去があるとは想像さえ出来なかった。

「結局、大樹が三歳のときに離婚したわ。そのとき、彼はこう言ったの。大樹はいらない。おまえにやると。可愛くないの？　ときくと、特別に可愛いわけじゃないって答えたわ」

彼女はそのときの衝撃を蘇らせたのか、むっとしたように唇を噛《か》んだ。

「大樹が小学校に入ってから再婚したの。先生もご存じのように年下だったわ。私に甘えてくる夫が可愛かった。そのふたりの生活にいつも大樹が邪魔をしてくるの。夫は大樹を抱こうとしなかったわ。前の亭主の子どもなんか抱く気にもなれないとはっきり言ったわ。その言葉を聞いて、私も大樹のことがますますうとましくなったの。顔を見るたびにいらついたわ」

教室でいつも寂しそうな表情をしていた大樹の姿が蘇り、胸が張り裂けそうになった。

「個別面談や授業参観など、大樹のことで学校に呼ばれるのはいやでいやでたまらなかったわ」

彼女は自嘲《じちょう》気味な笑みを浮かべ、

「あの頃の私は、まさに私の母と同じだった」

と、目を細めて言った。

「さっきも言ったように、私は母を恨んでいたけど、一番の元凶は父なのよ。母をあんなにしたのは父だわ」

彼女は真壁にまっすぐ顔を向け、

「ほんとうは私の心の中じゃ助けてって叫んでいたのだと思うの」

「えっ」

「大樹に辛く当たったりしたあと、私は自己嫌悪に陥ったわ。そのいらだちがまた大樹への暴力となっていたのよ。心の中じゃ、誰か助けてって。自分の心を制御出来なくなっていたの」

真壁は口を半開きにしたまま言葉を失っていた。彼女も大樹と同じように助けを求めていたのか。

そのことに気づいてやれなかったことで激しい自己嫌悪に襲われ、真壁は思わず叫び声を上げそうになった。

親のほうも苦しみもがいているのは夏美を見ればわかる。

「そうそう、先生は本を出されたそうですね。体験談をまとめたとか」

「はい」

そのことで抗議を受けるのかとも思った。

「私たちのことが世の中のお役に立てればうれしいわ」

彼女は微笑《ほほえ》んでから腕時計を見た。

「あら、こんな時間。ごめんなさい。引き止めてしまって」

「いえ、ここは私が」

彼女より先に伝票を摑《つか》んで、真壁は立ち上がった。

駅で彼女と別れ、真壁は急に思い立って八王子に向かった。

八王子駅前から愛甲園に向かうバスに乗った。

虐待される子どもも、また虐待する親も苦しんでいる。では、どうすればいいのだ。本人たちだけでは解決出来ない。

夏美と亜依も同じだ。先日の一時帰宅のトラブルは野口の介在で乗り切ることが出来たが、根本的に解決したわけではない。

大樹の母親の言葉に刺激を受けたのだ。再婚した夫が前夫の子大樹を嫌っていたことが不幸の始まりだった。

今まで、真壁は亜依のことを避けてきた。母娘の関係がうまくいかないうちによけいな男がしゃしゃり出ることの弊害を心配したのだが、このままではすべてがうまくいかない。俺が亜依に対しても積極的に出るべきではないのか。そう思ったのだ。

きょうは亜依に自分と夏美の関係を正直に話してみようと思った。

園の門を入ると、東京ナンバーの車が停まっていた。

玄関に足を踏み入れたとき、激しい声が聞こえた。何事かと、真壁はロビーに駆け込んだ。ひとりの男が興奮して喚いている。

「何をおっしゃるんですか。そんなことは出来ません」

桜井が強い口調で応じる。

「親が子どもを連れ出してどこが悪いんだ。亜依、おいで」

やせて背の高い男が亜依の父親、夏美の夫の川島達男だとわかった。

騒ぎに集まって来た子どもたちの中から亜依が出てきた。

「行くんじゃない」

桜井が亜依の体を押さえつけようとした。それを川島が足蹴《あしげ》にした。亜依は床に倒れ込んだ桜井に悲しげな目を向けたが、川島に手をとられた。

玄関の手前で、真壁は立ちはだかった。

「邪魔をするな」

川島が怒鳴った。

「亜依ちゃん。お母さんが心配する」

「どけ」

川島は真壁を突き飛ばし、亜依の手を引っ張って玄関を飛び出した。

亜依を助手席に乗せ、川島はエンジンをかけた。亜依は助けを求めなかった。真壁はただ黙って見送るしかなかった。

「いきなりやって来て亜依の父親だ。亜依を連れて帰る、と騒ぎ始めたのです」

いっしょになって走り去る車を見送った桜井が興奮して言った。

「警察に連絡しないのですか」

「実の親御さんですから」

「実の親といっても三年前に家を出て行った男ですよ。それに、母親は承諾していないんじゃないですか」

「すぐ連れ戻す手配をします」

傍らにいた職員が事務室に駆け込んだ。

事務室では職員たちがあちこちに電話をかけていた。忙しそうに立ち振る舞っている職員の様子を見ていたが、携帯を取り出し、夏美の会社に電話をした。ちょうど施設から連絡が行ったばかりで、夏美は事態を知っていた。

「ほうっておけば帰ってくるわ」

夏美は他人事《ひとごと》のように言った。

「川島さんは今どこに住んでいるんだ？」

「聞いていないわ」

亜依の様子はいやいやではなく、自分から進んで川島についていったように思える。亜依にとっては父親なのだ。

それでも真壁は川島のとった行動が許せなかった。夏美と相談し、納得ずくでのことならいい。突然やって来て、父親の立場を振りかざしてのやり方は尋常ではない。

それより、川島が亜依を連れ去ったことを告げても夏美にそれほどの衝撃はなかったことに驚いた。彼女は亜依を捨てたのかもしれない。

真壁は薄ら寒い思いで、養護施設をあとにした。

5

亜依が愛甲園からいなくなって三日経った。

夏美は気持ちが塞ぎ込んでいる。亜依を捨てたという負い目のせいだろうか。そう、自分は亜依を捨てたのかもしれない。

四日前に突然、夫が帰って来た。無精髭《ぶしょうひげ》を生やし、まるで別人のようにくすんだ雰囲気だった。

「探したよ。まさか、こんな所に引っ越していたとはね」

部屋に入るなり、夫が言った。このひとはこんな卑しそうな目をしていたのかと、夏美は改めて思った。

「何しに帰って来たの？」

夫の裏切りに対して怒りを覚えながら、心の隅では帰って来てと訴えていた。だが、いざ帰って来た夫を見て、夏美は心が急激に冷めていった。

「もう一度、夏美と亜依と三人で暮らすためだよ」

「冗談じゃないわ。もう、あんたなんかとまっぴらよ。離婚してちょうだい」

「なんだと」

夫がいきなり頬に平手打ちをした。

「何をするの」

「生意気なことを言うからだ」

荒《すさ》んでいる。そう思った瞬間、襟首を摑まれた。

「止《や》めて」

よろけて背中を冷蔵庫にぶつけたとき、上から物が落ちて大きな音を立てた。

「止めなさい」

突然、声がした。

夫がびっくりしたように手を止めた。

野口が立っていた。ドアの鍵《かぎ》を閉めずにおいたので、騒ぎを聞いて駆けつけてくれたのだ。

「なんだ、あんたは？」

夫は怯《ひる》んだようだ。

「そうか、おまえはこの男と。そういうわけだったのか」

「違うわ」

「うるさい。亜依はどうした？」

夫は頬を引きつらせながら言う。施設に預けたと答えた。そのとき彼は顔を真っ赤にして怒った。

「どこだ？」

「八王子にある愛甲園という養護施設よ」

「おまえは母親失格だ」

夫にはそんなことを言う資格がないことがわかっていながら、その言葉は胸を衝《つ》いた。

愛甲園のことを教えたのは、夫が亜依を引き取ってくれれば自分は解放されるという思いが、心の中に生じたのかもしれない。

もう疲れた。亜依のことで心を煩わす必要がなくなれば、自分のことだけを考えて生きていける。恋愛をするのも自由だ。好きな旅行にも行ける。

夫が亜依を強引に連れて行ったと、愛甲園の桜井や真壁から電話をもらったときも特別の感情はなかった。亜依もいやがらずついて行ったと聞いて、かえってほっとしたほどだった。

一日経ち、二日経ち、三日経った。真壁や愛甲園の桜井からは、まだ亜依が見つからないと連絡が入るだけだ。彼らがどうして必死になっているのだろうかと、冷やかな気持ちになっていた。が、だんだん落ち着かなくなってきた。

夫からも愛甲園からも連絡はない。別に連絡を望んでいたわけではないが、不思議なことに日を追って疎外感のようなものを味わうようになっていた。ふと気づくと、亜依のことを考えている。

会社を終えて秦野の駅を下り、途中にある生鮮館で買い物をしているとき、籠《かご》を抱えた野口に会った。

先に精算を済まし、夏美は外で待った。

やがて、ビニール袋を提げて野口がやって来た。

「今晩は」

夏美が声をかけると、野口は軽く会釈をした。

夏美は野口と並んでアパートに向かった。

「あれから、ご主人から何か言ってきましたか」

野口がきいた。

「いえ」

「亜依ちゃんは元気？」

「主人が施設から引き取っていってしまったんです」

野口が足を止めた。

「どういうこと？」

夏美は返事に窮した。

「あなたはそれでいいのですか」

野口の顔つきが変わった。

「亜依が自分からついて行ったそうです」

冷たい女だと思われたのではないか、と気になった。

「ご主人は何をされているのです？」

「知りません。家を出るときは二度目の会社を辞めたあとでしたから」

再就職した会社をやめ、給料と僅かばかりの退職金を持って女と逃げたのだ。その後、どんな暮らしをしてきたのかわからない。が、金がなくなって女にも愛想をつかされて戻ってきたのかもしれない。仕事などしていないように思える。

「あなたの話だと、ご主人はほんとうに亜依ちゃんのことが可愛いのかどうかわかりませんね」

「はい」

「そんなひとが亜依ちゃんを引き取ってちゃんと育てて行けるのでしょうか。あなたはそれを確かめるべきじゃないのですか」

珍しく野口は激しい口調になった。

「すみません。つい興奮してしまった」

「いえ、野口さんのおっしゃる通りです」

アパートに着いて、野口と別れ、部屋に入ると、とたんに自己嫌悪に陥った。亜依を捨てたのだという負い目が胸に重たくのしかかってきた。

離ればなれでいても、亜依は施設にいるというだけで安心感があったのだ。いつでも会える。いつでも引き取ることが出来る。だが、夫が引き取ったとなると、亜依との絆《きずな》がこのまま断ち切られるかもしれない。

食欲がなく、一口だけで終えた夕飯の後片付けが終わったあと、ドアチャイムが鳴った。

とっさに脳裏を掠《かす》めたのは野口だった。

ドアを開けると、ふたりの屈強な男が立っていた。

「川島夏美さんですね」

年配の男が口を開いた。

「横浜中央署の者です」

警察と知って、夏美は息を呑んだ。

「達男さんと言うのはご主人ですね」

「いちおう、まだそういうことになっていますけど」

「いちおうと言いますと？」

「別れることになっていますから」

男が頷いてからきいた。

「達男さんが今どこにいるのかわかりますか」

「いえ、一度顔を出しましたけど、どこに住んでいるかきいていません」

「そうですか。わかりました。じゃあ、もし居所がわかったらこの名刺の電話番号まで連絡していただけませんか」

そう言って年配の刑事は名刺を差し出した。

「あのひとが何かしたのですか」

「詐欺です。ある婦人から三百万円をだまし取られたという訴えがありました。それで、事情を聞くために川島達男さんを探しているところです」

「詐欺？」

川島はそこまで落ちぶれてしまったのか。そんな男といっしょにいるのは亜依にとっても不幸だ、と夏美は落ち着かなくなった。

「じゃあ、失礼しました」

「待ってください」

行きかけた刑事を呼び止めた。

「川島は施設にいた娘を引き取ってどこかでいっしょにいるんです。早く、見つけてください」

夏美は愛甲園での騒ぎを話した。

「子どもを連れまわしているのですか」

刑事は渋い顔になった。

刑事は愛甲園の場所を聞いて引き上げて行った。

夏美は部屋の真ん中にしゃがみ込んだ。何も考えられない。いや、考えまいとして逃げているのだ。だが、じわじわと水が浸ってくるように、やがて苦悩の中に自分の体が埋没してしまう錯覚に襲われ、ふいに立ち上がった。

(誰か助けて)

夏美は心で叫んだ。

やがて、ふらふらと部屋を出た。

野口の部屋のドアチャイムを鳴らしていた。なんだか寒けがする。夏美は身を縮めた。

ドアが開いた。

「どうかしたんですか。顔色が悪い」

野口が心配そうにきいた。

「お邪魔していいですか」

一瞬戸惑いの表情を見せたが、野口はすぐに招じてくれた。

部屋に入って安心したのか、夏美はその場に足元から崩れた。

気がついたとき、夏美はベッドに横たわっていた。部屋は暗かった。微《かす》かに明かりが漏れている。ここがどこだかすぐには記憶が蘇らなかった。

音楽が聞こえてきた。童謡だ。

はっと半身を起こした。野口の部屋だと気づいたのだ。あわててベッドから下りた。ブラウスのままだ。

襖《ふすま》を開けた。テーブルの上のラジカセから『赤とんぼ』の曲が流れていた。

夏美に気づくと、すぐに野口はラジカセのスイッチを消した。

「だいじょうぶですか」

「私、どうしたのでしょうか」

「驚きました。うちに来て崩れるように倒れてしまったんですよ。救急車を呼ぼうとしたのですが、あなたが止めたので。それでベッドに運んで……。さあ、お座りなさい」

野口が椅子を指さした。

夏美は腰を下ろした。

「何か呑みますか。冷たいものでも」

野口は冷蔵庫からジュースを出してグラスに注《つ》いでくれた。

「すみません」

夏美はグラスを口に運んだ。冷たい甘味が喉《のど》を通る。

「ご迷惑をおかけしました」

もう一度、夏美は謝った。

「さっきうなされていました。亜依ちゃんの名を呼んでいました」

そういえば、亜依の夢を見ていたようだ。夢の内容はよく覚えていないが、おとなの男と小さな女の子が遠くに去って行く光景が出てきた。

「また、何かあったんじゃないのですか」

野口が厳しい顔できいた。

夏美は頷き、思い切って打ち明けた。

「さっき川島の行方を探して刑事さんがやって来たんです。川島が詐欺で訴えられたそうです」

「詐欺？」

野口は緊張した声で続けた。

「亜依ちゃんを連れて逃げ回っているんだ」

夏美は息が詰まりそうになった。

野口はいらついたように立ち上がった。珍しい態度に思えた。

「ともかく、施設のひとに事情を話しておいたほうがいいですよ。各地の児童相談所にも連絡をとっておいてもらうのです」

野口に言われ、夏美はすぐに立ち上がった。

野口の部屋を出たとき、自分の部屋の前に誰かがいた。真壁だった。彼は不思議そうな顔で隣室から出て来た夏美を見つめていた。

6

塾生が全員引き上げたあと、真壁は塾長に呼ばれ、空いた教室に入った。塾長は真壁と同い年の眼鏡《めがね》をかけた男だ。

「正直に言います。真壁さんは生徒の間であまり評判がよくないんですよ」

何の前置きもなく、いきなり刃物を突き出すように言われ、真壁は面食らった。

「暗いんですよ。それじゃ、子どもたちの心を摑むことは出来ません。性格だからしょうがないんでしょうが、生徒からも先生を変えて欲しいという声が上がっているんです」

「すみません」

「謝られてもね」

この塾長ははっきりずけずけ言うタイプだった。

「もうしばらく様子を見て、生徒の声によっては辞めていただくことになるかもしれません。いいですか」

真壁は帰りの電車の中でも塾長の言葉が頭から離れない。

暗くていやだという生徒の意見に何も言い返せなかった。内川大樹のことがトラウマになっているのは間違いないが、最近は夏美と野口の関係に思いが向いてしまう。

数日前もふいに彼女のアパートを訪ねたところ、野口の部屋から出てきた彼女とばったり出くわしたのだ。

今、彼女は野口に救いを求めようとしている。どんどん夏美の気持ちが野口に傾斜して行っている。そのことに衝撃を受けながらも、野口の過去が気になった。野口の過去には不可解な点が多いのだ。それに、彼はガンの再発が不安視されているのだ。

小田急線鶴川から十分ほど歩いてアパートに着いた。十時過ぎだった。

ドアを開けたとき、電話が鳴っていた。すぐに部屋に上がり、受話器をとった。

女性の声だったが、夏美ではなかった。はっと期待した。案の定、枝川ありさからだった。

「野口さんのことで何かききたいことがあると、実家の母から聞いたのですが?」

澄んだ声だ。

「そのことで、もしよろしかったらお会いしてお話をお伺い出来ないでしょうか」

真壁は頼んだ。

「野口さんに何かあったのでしょうか」

彼女もまた大木辰子と同じ反応を見せた。それは野口がガンであることを知っているからに違いない。

「いえ。そういうことではありません」

「私のことは越谷の？」

「そうです。大木ランドリーのご夫妻からお伺いしました」

「やっぱり、そうでしたか」

彼女はほっとしたように言った。どういうルートで野口との関係を知ったのか、気になっていたのだろう。真壁はすかさずきいた。

「失礼ですが、今はどちらにお住まいなのでしょうか」

「千葉県の北松戸です」

「野口さんのことで、ぜひお会いしたいのですが」

「わかりました。いつがよろしいのですか」

「出来ましたら、明日にでも。明日だったら何時でも構いません。場所も指定していただけばそこまで参ります」

「午前中でもよろしいのですか」

「構いません」

「では、午前十時ではいかがでしょうか。新松戸駅の駅前にホテルがあります。そこのロビーで」

「結構です」

翌日の午前、早めに新松戸に着き、ホテルのロビーで待っていると、ふいに声をかけられてびっくりした。

その女性が入って来たのは目に入っていたが、意識にのぼらなかったのだ。背のすらりとした美人で、想像していた女性と違っていたのだ。

「枝川です」

透き通るような白い肌だ。これほどの女を袖《そで》にするというのはひょっとしたら、野口は女に興味のない人間なのかと思ったほどだった。

「電話で失礼しました。真壁です」

「あちらに行きましょうか」

彼女は奥の喫茶室に向かった。

テーブルで向かい合って、改めて挨拶をした。

「ご実家にまで電話をして申し訳ありませんでした」

「驚きました。野口さんに何かあったのかと思って」

ガンのことを知っている彼女は、野口の死を連想したのだろう。

「この近くにお勤めですか」

真壁はきいた。

「松戸にあるブティックです。きょうは遅番なので十二時までに行けばいいんです」

コーヒーが届いてから、彼女のほうから切り出した。

「野口さんのことで何を？」

真壁はどう説明するか迷っていた。野口と多少の関わりのあった女性に、妹の縁談という口実を持ち出すわけにはいかなかった。

「今野口さんは秦野市に住んでいるのですが、ちょっと野口さんがどういうひとなのか知りたくなったのです」

説明にはなっていないと思いながら、真壁は強引に話を移した。

「野口さんがどこの生まれで、越谷に来る前にどんな暮らしをしていたのか。親や兄弟はどうしているのかなど、そういったことをご存じではありませんか」

「あのひと、過去のことは何も話してくれませんでした」

彼女は寂しそうに答えた。

「ただ、あのひとは結婚していたことがあったそうです」

野口の部屋から童謡の音楽が聞こえてきて、かつて家族がいたのではないかと想像していた。

「離婚したのでしょうか」

「ええ、そう言っていました」

離婚したとしたら、大木ランドリーにやって来る五年以上も前のことだろう。

「どういうわけで離婚したのか、その理由を言っていましたか」

「いえ。自分から進んで話すのではなく、私の質問にやっとそれだけを答えたという感じでしたから」

「あなたから見て、野口さんはどんな感じでしたか」

「何か重たいものを引きずっているのだと思いました。自分を責めているんじゃないでしょうか」

「自分を責めている？」

真壁は確かめるようにきいた。

「野口さんは女のひとがだめだというわけではないんですね」

「えっ。いいえ、ふつうの男性だと思いますよ」

彼女は驚いたように目を見開いてから言った。

「あなたのような女性が目の前に現れながら、心を動かされなかったことが不思議に思ったんですよ」

「病気のせいだと思います」

「ガンの手術をしたと言っていましたね」

「ええ。こんな体ではあなたを守って行けないと言ってました」

「それ以外には理由と言いますと？」

「理由がなかったのでしょうか」

「いえ、何となくなのですが」

彼女は不思議そうな顔をし、

「真壁さんはどうして野口さんのことを気にするのですか」

と、きいた。

真壁は少し考えてから、

「あのひとの目です。暗い中に何かぎらついたようなものがあるんです。その正体が何なのか知りたいんです」

「どうしてですか」

やはり抽象的な答えなので、彼女は理解できないのだ。

「私は以前小学校の教師をしていました。が、クラスの生徒が両親の虐待によって死亡してしまったのです。それを未然に防げなかったということで、私は責められました。今は教師を辞めていますが、生徒を守ってやれなかったことに今も責め苛《さいな》まれているのです」

真壁は自分のことを語った。

「新しい何かをしようとしても必ず慚愧の念が蘇って来て萎縮《いしゅく》させる。これじゃいけないと思っているんですが、どうしようも出来ない。そんなときに、野口さんを見たんです。あのひとを見ていると、何か血が騒ぐんです。なぜ、なのか。それを知りたいんです」

「血が騒ぐ？」

不思議そうな顔で、彼女は見つめた。

ほんとうは嫉妬《しっと》から野口の過去を暴いてやろうという気持ちがあったのだが、不思議なことに今の言葉がほんとうの動機のような気がしてきた。

「もっと適切な表現があるのかもしれませんが、私にはそう感じるのです。自分の中に眠っている何かを揺り動かされるような」

「どうしてでしょうか」

「わかりません。ただ、あのひとは何か烈《はげ》しいものを秘めていると思うのです」

そう言ったとき、彼女が遠くに目を向けた。

「枝川さん。ひょっとして、何か心当たりがあるんじゃありませんか」

彼女は何かを知っている。そんなふうに思えた。

「いいえ。ただ」

彼女はちょっと迷いを見せながら、

「真壁さんは烈しいものと言いましたが、私はあのひとの切ない部分が気になりました」

「切ない部分？」

「お付き合いと言っても僅か一ヶ月足らずでしたけど、一度、野口さんと越谷の駅でばったり会ったことがあるんです。そのとき、いっしょに食事をしたのですけど、野口さんが石材店のマッチを持っていたんです」

「石材店？」

「なんと言う名前かは覚えていませんが、霊園の文字が見えました。野口さんはお墓参りに行ったんだと思います」

「お墓参り？　誰のでしょうか」

「たぶん……」

彼女は言いよどんだ。

「心当たりが？」

「食事をしているとき、奥のテーブルに小さな子どもがいたんです。その子のほうをずっと見ていました。そのとき、そっと目尻を拭うような仕種《しぐさ》をしたんです」

「ええ。だから、ひょっとしたら子どものお墓参りではなかったのかと」

彼女は辛そうに言った。

野口は子どもを亡くしている。そう思うと、彼の救いのないような暗さが理解出来る気がするが、あの烈しさはどこから来ているのかわからない。

「それと」

彼女が言いよどんだ。

「なんですか」

「野口さんは自分でもガンが再発したらしいと思っているのに病院に行こうとしないんです」

「再発？」

「ええ。あのひと、生きることを放棄しているように思えてなりません」

「しかし、野口さんには烈しさがあります。あの烈しさは何なのでしょうか」

「わかりません。でも、あのひとは死の覚悟が出来ているのです。私にはわかります。最後の日、私にさよならを言いました。それは、永遠の別れだったと思っています」

彼女は涙ぐんだ。

死の覚悟。真壁は茫然とした。

「すみません。そろそろ行かないと」

彼女の声に、真壁ははっと我に返った。

第三章　死の影

1

樹は落葉し、草木は枯れはじめ、晩秋のもの寂しい風景が広がっている。パソコンの手を休め、真壁は窓辺に立ち、冷たい風の吹く外を眺めていた。

頭の中は野口のことで埋まっていた。彼は子どもを亡くしているのかもしれない。だから、生きる気力をなくしているのだろうか。ガンの再発の可能性があるにも拘《かか》わらず、医者には行っていないようなのだ。

もはや、夏美の心がどうのこうのという問題ではないように思えてきた。肝心の野口は死に向かっているかもしれないのだ。

電話が鳴った。窓辺から机に戻って受話器を摑《つか》む。

夏美からだった。

「亜依の行方がわかったって、さっき連絡があったわ」

「見つかったのか。で、どこ？」

「長野よ」

「長野って、信州の？」

てっきり東京都内にでもいるのかと思っていたので意外だった。

「ええ。長野市内の病院よ」

暗い声だ。

「病院？　どうかしたのか。まさか、亜依ちゃんは怪我《けが》でも？」

「腕の骨が折れて、体のあちこちに痣《あざ》があるそうなの」

「どういうことなんだ？　ご主人は？」

「いないわ」

「いない？」

夏美の説明は要領を得なかった。

「よくわかるように説明してくれ。どうして亜依ちゃんの居場所が分かったんだ？」

「それが」

夏美が言いよどんだ。

「なに？」

「病院から野口さんに電話が入ったんですって」

「野口……」

亜依は野口の会社の電話番号を書いた紙を持っていたらしい。野口のおじさんとうわ言を聞いた看護婦がそのメモにあった番号に電話をし、亜依のことを話した。

「野口さんが会社を早退して長野まで行ってくれたわ。その前に、私のところに電話をくれたの」

真壁は声を失った。

「誤解しないで。亜依が野口のおじさんとうわ言を言ったから看護婦さんが連絡をとったのよ」

夏美が言い訳のように言った。先日、野口の部屋から出て来たのを見られたことを気にしているのかもしれない。

「私もこれから長野に行ってくるわ」

俺も行く、とは言えなかった。野口が向かっているのだ。

「施設の桜井さんもいっしょだから」

電話を切ったが、受話器を握ったまま立ちすくんでいた。

夏美は野口に心を移したのだろうか。夫には離婚すると通告したらしい。未練が断ち切れたのは野口の存在によるところが大きいのかもしれない。

翌日の夕方、秦野に向かった。夏美が長野から帰っているかどうかわからない。しかし、じっとしていられなかった。

七時過ぎにアパートについたが、野口の部屋も夏美の部屋も電気が点《つ》いていなかった。まだ帰ってきていないのか、それとも今夜は長野に泊まるのか。

部屋の前で待っていると、足音が聞こえた。目を向けると、肩幅の広い、ごつい顔の男が階段を上がって来た。

こっちにやって来る。が、野口の部屋の前で立ち止まった。窓の中が暗いのを見てからちっと舌打ちした。それでもドアチャイムを鳴らした。

男は諦《あきら》めて階段に向かった。真壁は記憶を蘇《よみがえ》らせた。越谷の大木ランドリーに野口を訪ねてきた菱川という男の特徴にそっくりだった。

真壁はその男を追いかけた。

「すみません。ちょっとよろしいですか」

階段を下りきったところで、男は振り向いた。鋭い目つきだ。顎《あご》に疵跡が見えた。ちょっと臆《おく》したが、

「野口さんをお訪ねですか」

と、きいた。

「あんたは？」

「隣の部屋のひとの知り合いです。昨日から野口さんは長野に行っています」

「長野？」

不審そうな顔をした。

真壁は簡単に説明した。

「そうか。じゃあ、きょうは無理だな」

男はちょっと顔をしかめ、

「わかった。わざわざすまなかったな」

と言い、踵《きびす》を返した。

「待ってください。ちょっと教えていただきたいんです。野口さんのことを」

「なんだ？」

「野口さんて何をやってきたひとなんですか」

「なんでそんなことをきくんだ？」

男には凄味《すごみ》があった。

「野口さんがどんなひとか……」

真壁は言いよどんだ。

「そうか。あんた、隣の部屋の女の恋人か」

男は含み笑いをした。

「心配すんな。野口は女なんかに目をくれない。彼女にも言っておけ。野口に惚《ほ》れたって不幸になるだけだってな」

「待ってください」

男は振り返りもせずに歩いて行った。

何者なのか。少なくとも、日常的に接する人々とは違う人間のように思えた。どこか破壊力を秘めたような男の背中を見送った。

野口の過去にはやはり何かある。彼をおおっている翳《かげ》は過去の何かに起因しているのだ。あの男はそれを知っている。

立ちすくんでいると、ひとの気配がした。顔を向けると、夏美が疲れた顔でやって来た。パンツルックで鞄《かばん》を提げている。

「帰って来たのか」

「ええ」

彼女はけだるい動作で部屋の鍵《かぎ》を取り出した。

部屋に入ると、彼女は疲れたように椅子《いす》に座り込んだ。

「どうだった？」

野口のことも気になったが、まずは亜依のことだ。

ど」

「意識もしっかりしているから心配ないわ。でも、退院まで一週間ほどかかるらしいけど」

「いったい何があったんだ？」

「川島がやったのよ。亜依が帰りたいって喚《わめ》いたからカッとなって殴りつけたみたい。亜依がぐったりしたので驚いてホテルのフロントを通して救急車を呼んだらしいわ」

「捕まったのか」

「刑事さんから、そう聞いたわ。亜依を連れて車で転々としていたみたい。女に捨てられ、ひとりで逃げるのがいやだから亜依を連れていったのね。でも、その亜依が言うことを聞かなくなって、乱暴を働いたということね」

「亜依ちゃんは病院でひとり？」

思わず夏美を睨《にら》むように見た。

「今夜も野口さんが付き添ってくれているわ。亜依が野口さんのほうがいいんですって」

頭を抱えて、夏美は言う。

真壁は夏美の背後から肩を抱いた。

彼女が振り向いて真壁の胸に顔を埋《うず》めた。

しばらく経ってから、真壁が言った。

「まるで、亜依ちゃんのお父さんみたいだな」

「えっ？」

「野口さんのことだ」

亜依にもっと積極的に出てみようと思ったが、真壁の出る幕はないような気がしてきた。野口には死の影が漂っているにしても、夏美は野口を求めているのだ。

真壁はそっと彼女の体を離し、

「今夜は帰るよ」

「えっ、どうして？」

「君は疲れているようだ。今夜はゆっくりお休み」

ほんとうはこのままいれば彼女に烈《はげ》しい言葉を浴びせるのではないかと恐れたのだ。それは破局にまで行きかねないやりとりになるような気がしたのだ。

「ごめんなさい」

彼女の声を背中に聞いて、真壁は廊下に出た。

彼女は強いて引き止めようとはしなかった。ひょっとしたら、これは破局への一歩なのかもしれないと思った。

やりきれなかった。胸が裂けて、感情の抑えがきかなくなった。もう少しで嗚咽《おえつ》をもらすところだった。

秦野駅で発車間際の電車に飛び乗った。電車は空《す》いていたが、ふと隣の車両に見覚えのある顔を見つけた。菱川だ。

下車駅の鶴川を過ぎたが、真壁はそのまま乗り越した。神経は菱川に向いていた。

あの男が何者なのかを突き止めたい。その思いに突き動かされていた。

菱川は新宿まで行った。十一時になるところだ。新宿駅を出てからアルタ前を通り、靖国通りに出た。

雑踏の中を見失わないようにあとをつける。菱川は尾行のことなどまったく眼中にないようだった。

菱川が花園神社に入って行った。本殿の脇の暗がりに菱川は立った。赤い火が点いたのは煙草《タバコ》を吸い出したのだ。真壁は樹の陰に身を隠した。

十分ほどして、鳥居を潜《くぐ》ってきた男が菱川の傍《そば》に近寄って行った。灰色の背広を着て、六十半ばと思える。両鬢《りょうびん》に残った髪も白い。

「来月の十日前後だそうです」

「十日前後か。はっきりしたら、また連絡をしてくれ」

目つきの鋭い男が封筒を男に渡した。お金のような気がする。

「どうも。野口さんによろしく」

男は軽く頭を下げた。

境内に男と女が入って来た。

「じゃあ」

ふたりはさっと別れ、菱川はゴールデン街に抜ける細い道に向かったが、六十半ばの男は再び明治通り沿いの鳥居を出て行った。

真壁は今度は六十半ばの男のあとを追った。菱川の素性を知りたかったが、あの男のあとをつけても失敗する。そんな威圧感があったが、もうひとりのほうは普通の人間のように思えた。

男は鳥居を出たところで立ち止まった。封筒の中身を見ている。それを無造作に尻のポケットにしまった。

よほど声をかけようかと思ったが、問うても正直に答えてくれないだろう。それより、男の素性を確かめ、そこから菱川の正体を探ろう。

男は靖国通りに出てタクシーを拾った。真壁もすぐ後ろからやって来たタクシーに乗り込んだ。

「あのタクシーのあとをつけてくれますか。気づかれないように」

「お客さん、刑事さんですか」

若い運転手が興味を示してきた。

「いや、ルポライターだ」

「へえ、ルポライター」

運転手は面白がって前の車を尾行した。

途中、間に数台の車が割り込んだが、運転手は獲物のタクシーをしっかり把握しており、いつの間にか背後にぴたっとついていた。

車は市ヶ谷から外堀通りに入り、飯田橋を過ぎてから後楽園のほうに出て本郷通りに入った。

野口に惚れたら不幸になるだけだ。菱川はそう言っていた。野口の過去につながるかもしれない男が目の前のタクシーに乗っている。

「言問《こととい》通りに入るようですね」

前のタクシーはウインカーを右に点滅させて東大農学部の交差点を右折して行った。だんだん車の通行量が少なくなって心配したが、前の車が尾行に気づいている気配はなかった。

鶯谷《うぐいすだに》駅前から尾竹橋《おたけばし》通りに入り、いくぶん車の数が増えた。ほとんどがタクシーだ。町屋を過ぎた。隅田川に差しかかった。尾竹橋を越えるのかと思ったが、その手前でタクシーは露地を曲がった。

「どうやら目的地付近のようですね」

運転手が言う。真壁は前方を凝視しながら財布を取り出す。

遅れて曲がって行くと、大きな建物の近くで、タクシーが停まった。

「どうしましょう」

「ここでいい」

タクシーを下り、前方を注視する。

男は高い建物と反対方向に向かった。

幸いなことに、相手は尾行などにまったく注意を払っていない。

前方に小さなアパートが見えてきた。男はその前を素通りして、数軒先にある一戸建ての家に入って行った。小さいが瀟洒《しょうしゃ》な家だ。

表札に守口伝次郎とある。場所を確認し、真壁は引き上げた。


翌日、再び守口伝次郎の家の近くまで行ってみた。

守口がどういう人間なのか。そして、菱川という男とはどういう関係か。それを探るためにはどうしたらいいか。その良策もないまま、やって来たのだが、ここに来ても良い考えは浮かばない。

朝から雨模様の空だったが、ぽつりぽつりと降ってきた。用意してきた傘を差し、守口の家の前を通った。

窓のカーテンは開いていた。雨だから在宅の可能性は強い。どうするか迷っていると、隣の家から主婦らしい中年の婦人が出て来た。手に何か持っていて、傘を差して守口の家に向かった。真壁は目で追った。

守口の家の玄関を開けて、すぐ出て来た。手に持っていたものを置いて来たようだ。

「すみません。ちょっとお訊《たず》ねしたいのですが」

婦人は立ち止まり、傘の中から怪訝《けげん》そうな顔を向けた。

「守口伝次郎さんというのは六十半ばぐらいのひとでしょうか」

「そうですけど。あなたは？」

「以前、守口さんにお世話になったというひとから頼まれて守口さんを探しているんです。ほんとうに探している守口さんかどうか。ここの守口さんは以前何をされていた方だかわかりますか」

「ええ。刑務官だったと聞いていますけど」

「刑務官？　刑務所の看守ですか」

「ええ。府中にいたとか」

急に雨脚が強くなった。

「もういいですか」

「お引き止めしてすみませんでした」

婦人に礼を言い、町屋駅に戻った。

刑務官という言葉が、真壁の頭の中で何度も繰り返されて浮かんできた。

2

十一月も半ばを過ぎ、空は冷え冷えと澄み渡り、すっかり冬めいてきた。が、陽射しの中は暖かかった。

桜井の運転する車は関越道を走った。後部座席に夏美と亜依が乗っている。

亜依は退院し、愛甲園に戻ることになり、わざわざ職員の桜井が車で長野まで迎えに行ってくれたのだ。

腕の骨折もまだ完治していないが、予想以上の回復振りだった。亜依は思ったより元気で、夏美に対してもふつうに接してくれた。第三者がいるからか。夏美とふたりきりだったら、亜依は身構えるのかもしれない。が、ホテルを転々としていた日々のことは何も話そうとしなかった。これは夏美に対してだけではなく、他の誰に対してもだった。

途中渋滞に巻き込まれたが、四時過ぎに車は愛甲園の門を入った。

車から下りると、仲間と会うのが楽しいのか、亜依は急いで園内に駆けていった。軽く足を引きずっていたが、それほど目立たない。

「すっかりお世話になりました」

夏美は桜井に礼を言った。忙しい中を、長野まで車で往復してくれたのだ。

「また、お母さんのところに帰って来てくれる？」

帰りがけ、夏美は亜依にきいた。

「うん、考えておく」

亜依は硬い表情で答えた。

それから職員の皆に挨拶《あいさつ》をし、夏美は園を後にした。

川島達男のことで、夏美は参考人として警察に呼ばれたが、詐欺事件のことより、亜依の怪我のほうの質問が多かった。

手足を負傷し、顔に痣をこしらえて、体にも殴られた跡があった。以前から、夫が子どもに暴力をふるっていたのかということが警察の最大の関心事だったようだ。

しかし、夏美には夫が亜依に暴行を働いたことが信じられなかった。ぐずったときには夏美に押しつけたが、暴力をふるうことはなかった。

夫に何があったのか。いっしょに蒸発した女に逃げられ、夫は小金を持っている未亡人に接近し、三百万近い金をだまし取ったという。いわば、結婚詐欺らしい。

その金を持って、夏美のところに戻ったが、夏美の強い拒絶にあい、あてつけの意味もあって亜依を連れてホテル暮らし。その間に、未亡人は警察に訴えた。

ホテルを転々としているうちに金がなくなり、亜依は野口のおじさんのところに行きたいと泣いた。そのことにカッとなって、亜依を殴りつけたらしい。いったん手を出すと、あとは歯止めがきかなくなったという。

しょせんその程度の男だったということを結婚前に気づかなかったことが夏美の不幸だったかもしれない。

町田で途中下車してデパートに寄り、紳士物売り場に行った。男物をこうして見てまわるのは何年か振りのことだ。そういえば、真壁にも贈物をしたことがなかったことに気づいた。

結局、無難なところで靴下とシャツを買い、アパートに戻った。

その夜、夏美は野口の部屋の玄関のドアチャイムを鳴らした。なかなか出てこない。さっき帰ってきたようだが、また出かけたのか。もしかしたら風呂にでも入っているのだろうか。

諦めて、いったん部屋に戻った。そして、真壁のところに電話をした。

「私、夏美よ」

「ああ」

真壁の声はどこかぎこちない感じがした。やはり、野口とのことが心にひっかかっているのだろう。

「亜依が退院して、愛甲園に戻ったの。それを知らせておこうと思って」

「そう。で、ご主人のほうとは？」

離婚の手続きのことを言っているのだ。夫は警察に勾留《こうりゅう》中の身であるが、離婚届けには判を押してくれることになっている。

「この前、刑事さんが離婚届けに判を押すと言っていたって教えてくれたわ」

「そう」

喜びの声ではなかった。やはり野口のことがあるからだろう。しかし、野口に対してはそういう感情ではないのだ。そのことをうまく説明出来ない。

「じゃあ、切るわ」

真壁の無言に堪えきれず、夏美はそう言った。

「野口さんというひとは」

「えっ、何？」

「あのひとは刑務所に入っていたことがあるんじゃないかな」

「刑務所？」

「はっきりしたことはわからない。でも、そんな気がする」

「どうして？」

「野口さんのところに目つきの鋭い、五十年配の男がやって来ていた」

「ええ、私も見たことがあるわ」

「あの男は菱川というらしい。その男が元刑務官と会っていたんだ」

「どうして、そこまで調べているの？」

夏美は思わず声が尖《とが》っていた。

「自分でもわからない。ただ、野口さんの何かが俺を引き寄せるんだ」

「何かって」

「たぶん、あのひとは俺なんかと比べ物にならない苦悩を味わってきたはずだ。それが何なのか知りたい」

「知ってどうするの？」

「わからない。ただ、あのひとのやることを見届けなければならないような気がしているんだ。それに、あのひとはガンらしい」

「えっ」

「一度胃ガンの手術をしている。再発の可能性があるみたいだ。でも、検診にも行っていない」

夏美は息を吞《の》んだ。

電話を切ったあとも、真壁の言葉が離れなかった。

野口の暗い翳から重い過去を引きずっていることは想像出来る。しかし、決して悪い男ではない。亜依を可愛がってくれて、亜依も懐いている。そんな男が悪い人間であるはずはない。

夏美が衝撃を受けたのは野口がガンに罹《かか》っているらしいことだ。

しばらくしてから、もう一度野口の部屋に行ってみた。

今度はすぐに出て来た。目が落ちくぼんで、熱でもありそうな顔だった。

「さっき来てくれましたか」

「はい」

「すみません。ちょっと横になっていたもので」

「どこか具合でも？」

「もう、大丈夫です」

しかし、何となく顔が熱っぽく、だるそうな感じだった。ガンらしいという真壁の言葉を思い出し、胸が塞《ふさ》がれた。

「じつは、きょう亜依が施設に戻りました」

改めて、夏美は報告した。

「そう、よかった」

野口が安心したように言った。

「これ気にいるかどうかわかりませんが」

夏美はデパートで買ってきた品物を手渡した。シャツと靴下を買って来たのだ。

「こんなことをしてもらわなくても」

野口は辛そうな顔で言った。

「ほんとうに助かりました。ありがとうございます」

夏美は部屋に戻ろうとしたが、野口はその場に突っ立っていた。やはり、具合が悪そうなのだ。ガンの再発。一瞬、夏美は目がくらみそうになった。

「だいじょうぶですか」

「えっ。ああ、だいじょうぶです」

「いえ、だいじょうぶじゃありませんよ」

夏美は部屋に上がり込み、野口の背に手を当ててベッドに連れて行った。

「すみません。ちょっと腹が痛くて」

野口が苦しそうに顔をしかめた。

「お医者さんに行かなくていいですか」

「薬を呑んでいるからだいじょうぶです。すぐ落ち着きますから」

茶簞笥《ちゃだんす》の中に、薬袋が見えた。漢方薬だ。

「食事は？」

「いえ」

「何か、お作りしましょうか」

すから」
「いえ。食べたくないんです。どうぞ、お引き取りください。ほんとうにだいじょうぶで

野口は苦しそうに言った。

「じゃあ、ゆっくりお休みください。あとで様子を見にきます。そうだ。合鍵はあります

か」

「合鍵?」

「また野口さんを起こしてしまったら申し訳ありませんから、合鍵があればそれで入って

様子を見ることが出来ますから」

「そんなことをしなくても」

「だめです。そうさせてください」

夏美は自分でも驚くくらいに強い意志を見せた。

野口が茶箪笥の引き出しを指さした。そこを開けると、紐《ひも》をつけたキーが見つかった。

「これですね。じゃあ、お借りします」

夏美は玄関を出て、鍵をかけた。

野口の過去に何があったのか。彼が犯罪に関係していたとしても、今は関係ない。彼の

ために何かしてやりたかった。

自分の部屋にいても、落ち着かなかった。野口が苦しんでいるかもしれないと思うと、

すぐにでも部屋を覗《のぞ》いてみようという気になったが、今は寝ているかもしれないと思いなおした。

二時間ほど経ってから、夏美は野口の部屋に合鍵を使って入った。寝室を覗くと、豆電球の下で彼は眠っていた。安らかな寝息なので安心して引き上げた。

翌朝、野口の部屋に行くと、彼は出勤の支度をしていた。

「だいじょうぶなんですか」

「ご心配をおかけしました。だいじょうぶです」

食事もとらず、彼は出かけた。

しかし、その日、夏美は会社で机に向かっていても野口の体が心配でならなかった。

3

教室に生徒が三人しかいなかった。真壁は血の気の引く思いに襲われた。この四年生の算数のクラスには十人の生徒がいるのだ。真壁先生の授業は陰気臭くて面白くない。そういう評判が広がっていた。

その三人に対して、真壁は算数の授業を行ったが、途中でひとりが部屋を出て行き、最後まで聞いてくれたのはふたりだけだった。

残ったふたりは終わったあとも、質問してきた。真壁はわかるまで教えた。ふたりは喜んで帰って行った。

授業が終わって事務局に戻ると、塾長が渋い顔で隅に呼んだ。

「真壁先生。生徒の保護者からも苦情が出ているので、明日からしばらく授業はお休みください」

「えっ。明日から」

「代わりの先生が見つかりましたので、あとは心配いりません」

何か言おうとしたが、声が出なかった。

「ご自身でもお気づきだと思いますが、きょうの授業は欠席者が七名。早退ひとり。このまま生徒に辞められてしまったら塾の経営にも響きますから」

「馘首《くび》でしょうか」

真壁は声が震えた。

「それはまた本部のほうと相談して返事をします」

塾長は突き放すように言った。

夜風が身に染みた。子ども虐待に関する取材を続け、第二作の執筆にかかっているが、原稿の仕上がりまではもう少しかかる。

本にならなければ金が入って来ない。雑誌のライターとしての収入も僅《わず》かなものだ。当面の生活費は貯金でどうにかなるが、また、アルバイトの口を探さなければならない。将来への不安を抱えながら、真壁はアパートに帰った。

夜十時をまわっている。真壁は冷蔵庫からビールを取り出した。ただ苦いだけだった。真壁先生の授業は陰気臭くてつまらない。その言葉が鋭く胸を抉《えぐ》る。そういえば、内川大樹のことがあって以来、自分でも心から笑ったという記憶がない。

他人から見れば、自分も野口のように暗い雰囲気なのだろう。いや、野口のほうが凄惨《せいさん》な過去があるはずだ。

つい最近までは夏美のことが胸にわだかまっていた。彼女が野口に傾斜していくことに苦しんできたのだが、いつしか真壁は野口の深い谷底のような暗さが見過ごせなくなっていた。

菱川が花園神社で会っていた男は元刑務官だった。菱川が何者なのかわからないが、ふたりの会話に野口の名が出てきた。

野口は刑務所に入っていたことがあるのだろうか。その可能性は強いように思える。出所してから、彼は足立区にある新聞販売店に住込みで働き、その後、越谷のクリーニング店に勤めるようになった。

そこに菱川という男が現れ、まるでそのことがきっかけのように野口は越谷から秦野に引っ越したのだ。

前科があることで、野口は菱川に脅迫されているのか。しかし、野口が凶暴性を帯びている人間とは思えない。亜依が懐くくらいだ。真壁の目からも反社会的な人間には見えない。

犯罪を犯したとしたら、ふとした過ち、あるいはやむを得ない事情があってのことに違いない。

真壁はもう一本缶ビールを取り出した。一息に半分ほど喉《のど》に流し込んだ。

野口は弘法山公園や震生湖に行っていた。たったひとりで、それもただ佇《たたず》んでいるだけだった。弘法山公園には家族連れも多く、震生湖では子どもが釣りをしていた。

それらの場所は野口がかつて子どもたちといっしょに行った思い出の場所ではなかったのか。

日曜日ごとに思い出の場所で、子どものことを思い出している。野口の子どもは死んでいる可能性がある。あれほどの苦悩は子を失った悲しみや絶望感ではないのか。そうだ、そうに違いないと、真壁は確信した。

野口は弘法山公園や震生湖を身近に感じる場所に住んでいたということになる。かつて野口は秦野市のどこかで家族と共に暮らしていた。

日曜日には家族揃《そろ》ってお弁当を持って弘法山公園や震生湖などに遊びに行っていたのではないか。そこには幸福な家族の姿が想像される。

だが、あるとき、野口は事件を起こした。どんな事情かわからないが、もしかしたらひとを殺してしまった。その時点で、幸福な家庭は崩壊したのだ。
裁判で懲役刑を受け、刑務所に入ることになった。服役中、妻と離婚し、子どもとも離ればなれになった。子どもが死んだのは刑務所に入っているときだろうか。それとも、子どもが死んだことに野口が関わっているのだろうか。
いずれにしろ、出所した野口はすぐに秦野市で暮らすことは出来なかった。が、数年経って、やっと懐かしい秦野市に住み着いた。こう想像してみた。

野口に何があったのかわからない。だが、彼もこの世の中の理不尽さに立ち向かっていっているように思えてならない。それは、真壁が内川大樹の死亡事件でスケープゴートのように一身に責任を負わされたことの比ではない。もっと凄《すさ》まじいものではなかったか。
真壁が子ども虐待のルポを書いて本に出し、さらにノンフィクションライターを目指すことで、その理不尽さに立ち向かっているように、野口もまた彼なりの方法で闘っているのではないか。

それが彼の内面から受ける烈しさだ。だが、ガンの再発という重たいものを抱えながら、いったい彼は何をしようとしているのか。

それを知りたいと思った。野口はかつて秦野市に住んでいたと考えられる。では、秦野市に住んでいたのはいつ頃であろうか。言い換えれば、事件はいつ起きたのか。

傷害か殺人か。服役期間を三年から十年くらいと考え、足立区の新聞販売店時代と越谷のクリーニング店勤務時代の五、六年を入れると、事件が起こったのはもっとも近い時期で八年ぐらい前のことになる。

その頃から逆上って新聞記事を探していけば何かわかるかもしれない。

すぐにパソコンに向かった。

まず、インターネットで秦野市で起きた殺人事件について検索してみた。いくつかの事件が表示されたが、該当するものはない。やはり、新聞記事のデータベースを検索しないと見つからないようだ。

翌日、真壁は図書館に行き、八年前の新聞の縮刷版から調べて行った。

事件発生場所は秦野市周辺だ。事件記事の中に野口康介という名前を探した。八年前の十二ヶ月間には見つからなかった。

次に九年前のものを引っ張り出してきた。同じように、一月分から探して行く。静かな閲覧室にページをめくる音が響いた。

毎日のようにいろいろな事件が起きている。神奈川県下で起きたものは注意深く記事を追った。

目が疲れてきて、途中何度か顔を上げて目を休める。そして、ある所で目が止まった。

野口康介という名前が出ていたのだ。

しかし、容疑者ではない。遺族ということになっていた。

4

ドアの閉まる音がした。野口がやっと帰って来た。待ちわびていた夏美は、すぐにラップに包んだ皿を持って、野口の部屋を訪れた。

「野菜の煮物を作ったんです。よろしかったらどうぞ」

「すみません」

野口は戸惑い気味に皿に手を伸ばした。

「あとで、お皿をとりにきますので」

夏美は自分の部屋に戻った。

夏美も夕飯の支度をし、テーブルについた。

八時を過ぎて、野口の部屋に行ってみた。

野口が流しに立っていた。食器を洗おうとしている。

「私がやります」

夏美は勝手に上がって流しの前に立った。

スポンジに洗剤をつけて食器を洗いはじめる。傍らで、野口が見ていた。体調が悪そうな野口を放ってはおけない気持ちになっていたのだ。生鮮館まで買い物に行く姿も痛々しく思える。

洗い終え、手拭《てぬぐ》いで手を拭《ふ》く。振り返ると、野口が柱に寄り掛かって目を閉じていた。辛そうだ。

夏美は胸を衝《つ》かれた。夏美の視線に気づいたのか、野口が目を開けた。

「野口さん」

夏美は思わず声をかけた。

「お医者さんに行ったほうがいいんじゃありませんか」

野口は目を見開いてから首を横に振った。

「最近の野口さんはときたま苦しそうにしています」

「自分のことは自分が一番よくわかっていますから」

興味なさそうに、野口は言う。

あなたはガンではないのですか、と口について出そうになった。

「ぜひ、お医者さんに行ってください」

夏美は夢中で訴える。

「ありがとう。でも、だいじょうぶです」

ガンが再発したのかもしれないのだ。しかし、今ならまだ間に合う。いや、早くしなければ手遅れになってしまう。

野口は生きていこうとする意欲がないような気がした。いや、死に急いでいるのかもしれない。

野口は深い苦悩を抱えている。夏美は居ても立ってもいられなくなった。野口を救ってやりたいと思った。

そのとき、ドアチャイムが鳴った。思わず野口の顔を見た。新聞の勧誘員か、あるいは何かの集金だろうか。

野口が立ち上がり、玄関に向かった。

ドアが開く。来訪者の顔は野口の背中の向こうにあった。

「外に出ましょう」

野口が言う。夏美はドアに近づいた。そこに立っていたのは、何度か見かけたことのある目つきの鋭い五十年配の男だった。菱川という男だ。

男は夏美に気づいたようだ。野口はそのまま外に出た。

夏美はドアを少し開け、廊下を見た。ふたりは階段を下りて行く。あの男が何者なのか。不安がいっきに押し寄せてきた。

十分以上経ったが、まだ野口は戻って来ない。

不気味な男だ。野口は刑務所に入っていたことがあるのではないか、と真壁が言っていた。そのことを一笑に付することが出来ないのも、あの男の存在だった。

野口は菱川に弱みを握られているのではないかという懸念も生じる。じっとしていられなくなって、夏美は立ち上がった。

階段の所まで行って外を見回したが、夜道にふたりの姿は見えない。しばらく立っていたが、再び野口の部屋に戻った。

野口の部屋は殺風景だった。壁にカレンダーがあるだけで、他には何もない。状差しのようなものもない。ほとんど手紙なども来ないのだろうか。野口の過去を語るものは何一つない。

襖《ふすま》の向こうは和室の四畳半の部屋だ。襖を開けてみたいという誘惑にかられた。そこに野口の過去を知る何かがあるような気がしたのだ。

迷った末に思い切って襖を開いた。ダイニングルームの明かりが暗い部屋に射し込んだ。案に相違して何もない。ただ、奥に黒っぽい家具が置いてあるのが目に入った。いや、家具ではなく、仏壇のようだ。

急に胸の動悸《どうき》が激しくなった。部屋に足を踏み入れ、壁のスイッチを入れた。室内が一瞬にして明るくなった。

おそるおそる仏壇に向かった。黒檀《こくたん》の小さな仏壇の前にしゃがむ。

写真が飾ってあった。若い女性と男の子が笑っている。背景は満開の桜だ。八角形の屋根の二層の建物。弘法山公園の展望台かもしれない。

野口の妻と子であろう。きれいでやさしそうな女性だった。子どもも愛らしい顔をしている。

その横に位牌《いはい》が二つあるのを見つけた。その位牌を凝視した。俗名で、野口香穂、野口康一とあった。夏美は位牌に手を伸ばした。

野口香穂享年二十六、康一享年五とあった。命日はふたりとも平成六年十一月九日。野口の翳の正体はこれだったのかと、胸の衝かれる思いだった。

背後にひとの気配がして、はっと振り向いた。野口が立っていた。

「奥さんとお子さんですね」

野口が夏美の横に座った。目は仏壇に向かっている。

「何があったのですか。事故ですか」

ふたりいっしょに死んでいることで事故を想像した。

「交通事故に遭ったんです」

野口はぽつりと言った。

「弘法山公園や震生湖はお子さんと遊んだ場所なんですね」

「ええ。でも、十年も経ちますから、だんだんふたりのことも過去になっていきます。死んだ当初は辛くて行けなかったのですが、時間が悲しみを和らげてくれるものですね。今は平気でいけるようになりました」

そんなはずはないと思った。野口は立ち直っていない。弘法山公園や震生湖で見かけた野口は悲しみに沈んでいるようだった。

「お子さんを可愛がっていたのでしょうね。だから、亜依も安心してあなたに懐いていったんだわ」

野口は唇を嚙《か》んでいた。

「奥さんもお子さんを可愛がっていたんでしょうね」

俯《うつむ》いたままなのは蘇った悲しみと必死に闘っているからだろう。

「野口さんから見ると、子どもといっしょに暮らすことの出来ない私が鬼のような女に見えるでしょうね」

夏美はやりきれないように言った。

「亜依ちゃんはいい子です。早く、あなたといっしょに暮らせるようになってもらいたいと思います」

野口はやっと顔を上げた。

「正月に亜依に帰ってきてもらいます。そのとき、いっしょに過ごしていただけませんか。お願いです」

夏美は頼んだ。

野口から返事がない。夏美は野口の目に戸惑いの色が浮かんでいるのを見た。

「野口さん。お正月を亜依と三人で」

「そうしてあげたいのですが、近々私は引っ越すようになると思います」

「引っ越し？」

予想外の言葉に、夏美は混乱した。

「どうして引っ越すのですか。どこへ行くのですか」

「妻や子どものことを忘れ、新しい人生に踏み出そうと思っているんです」

新しい人生をやりはじめるという気概など、野口から感じられなかった。もっと別の理由があるように思えた。

「さっき訪ねてきた男のひとと関係のあることではないのですか」

野口は一瞬険しい表情になった。

「あのひとはどういうひとなのですか」

「妻や子どもが亡くなったときに、いろいろお世話になったひとです。私のことを心配してときたま訪ねてきてくれるのです」

あの男からそんな感じはまったく受けなかった。野口は嘘《うそ》をついている。そう思った。

それより、野口が去って行くのは堪えられない。

「行かないでください」

夏美は野口の体にしがみついた。

「行かないで。私の傍にいてください」

自分でも信じられない言葉を発していた。

「亜依には野口さんが必要なんです。行くなら、私たちも連れて行って」

「夏美さん」

名前を呼んだが、静かに夏美の肩を引き離し、野口はさっと立ち上がった。夏美は取り残されたようになった。

野口は窓辺に立って、窓を開けた。ひんやりした風が吹き込んだ。切ない思いで、その背中を見つめる。

夏美は野口の背中にぞっとするような孤独の影を見た。

野口が振り向き、

「すまない」

と、深々と頭を下げた。

夏美は立ち上がろうとして足がよろけた。あわてて、野口が倒れ掛かった夏美の体を支えてくれた。

夏美は夢中で野口にしがみついた。野口の温《ぬく》もりが肌に伝わってくる。夏美の背中にまわされた野口の手に力がはいった。

思い切り抱きしめられた。が、それも僅《わず》かな時間だった。すぐに、野口は離れた。

夏美は逃げるように野口の部屋を飛び出した。

夏美は自分の部屋に戻らず水無川に向かった。川は闇《やみ》の中にあった。

涙が乾いてから、夏美は部屋に戻った。もう眠ったのか、野口の部屋の明かりは消えていた。しかし、暗い部屋の中で、野口も目を見開いているような気がしてならなかった。

ベッドに入ろうとしたとき、電話が鳴った。十一時過ぎだ。

「はい、もしもし」

「真壁です」

「真壁さん……」

すっかり真壁のことを失念していた自分に驚いていた。

「遅い時間にすまない。何度も電話をしたんだが、まだ帰っていないようだったので」

野口の部屋にいる間、何度も電話をかけて寄越したらしい。

「君に伝えるかどうか迷ったんだが」

「何？」

「野口さんのことだ」

夏美は黙って真壁の声を待った。

「野口さんは十年前まで奥さんと子どもがいた」

「知っているわ」

真壁が野口のことをこそこそ調べていたのだと思うと、思わず言葉が乱暴になった。

「じゃあ、なぜ死んだのかも」

「交通事故でしょう」

真壁からすぐ返事がなかった。

「どうしたの？」

「野口さんがそう言っていたのか」

「えっ、違うの？」

思わず、夏美は受話器を強く握りしめていた。

「違う。殺されたんだ」

間近に落雷があったように、耳元に衝撃があった。そのあとの真壁の声は、麻痺《まひ》した耳に届いてこなかった。

5

渋沢駅から歩いて三十分ほど。国道二四六号線を曲松《まがりまつ》の交差点で渡り、水無川の手前。

住宅地の中の当該番地の辺りに立った。ここから指呼の間に桜土手古墳公園がある。すでに、野口一家が住んでいた家は建て替えられており、十年前の事件を思い起こすよすがはなにもない。

野口はこの場所にあった家から小田原の会社まで通勤していたのだ。朝は妻と五歳の男の子に見送られ、また帰宅すればふたりが笑顔で出迎えてくれる。そんな光景が目に浮かぶ。

当時、野口は三十歳、妻香穂二十六歳、そして五歳の康一。平凡だが、幸福な生活が営まれていたはずだ。

会社の休みには家族であちこち出かけていたのだろう。春には弘法山公園の桜、あるときは震生湖に釣りをしに行った。

そんな一家に突然襲い掛かった不幸。当時の新聞記事によると、夜勤明けで帰宅した野口が寝室で死んでいる香穂と康一を発見したのだ。

この事件の詳細を知るために、真壁は出版社の編集者を通じて事件を取材した新聞記者を紹介してもらい、話を聞きに行った。

今はデスクになっている当時の記者は記憶を手繰りながら事件を語ってくれたのだ。

平成六年十一月九日の朝、秦野市渋沢XX番地の野口康介方から一一〇番通報があり、所轄署と県警捜査一課強行犯捜査係の捜査員が駆けつけた。

二階の寝室で康介の妻香穂が頸《くび》を絞められて窒息死していた。香穂のパジャマは乱れ、下腹部が剝《む》き出しにされていた。性的暴行の跡はなかった。さらに、その横で五歳になる康一が頸を絞められ、壁に後頭部を何度も打ちつけられて脳挫傷《のうざしよう》で命を落としていた。

司法解剖の結果、殺害時間は九日午前一時から午前二時までの間ということが判明。

犯人は庭からベランダによじ登り、二階の窓をこじあけて侵入したものと思われた。

死体の第一発見者は夫の康介であった。九日の夜は夜勤で、家には香穂と子どもだけだった。

警察は捜査の当初、夫の康介に目をつけていた。疑いの目を向けた理由は、ふたりの死体を前にして、あまりに冷静だったことが捜査員の目を引いたらしい。ところが、一日経ったら、今度は慟哭《どうこく》した。その落差が不自然に映ったようだ。

事件当夜、野口は確かに夜勤だったが、夜中に二時間の仮眠時間があり、そのときの野口の仮眠は九日午前一時から三時までだった。しかし、どうしても野口でなくてはわからないトラブルが発生して、同僚が二時に野口を起こしに行っている。したがって、野口にとっての空白の時間は一時間。この時間を利用して自宅と会社を往復したのではないかと警察は判断した。

捜査本部は野口家の内情を調べた。他人からは仲の良い幸福そうな家庭に見えても、他人には窺《うかが》い知れない問題を抱えているものだ。

野口は大柄でひと当たりがよかった。少年っぽさの残る、甘い顔だちで、女性にはもてたようだという。

特に水商売の女性に野口は何度も言い寄られたことがあることがわかった。が、そういう女性には見向きもしなかったという。

男なら女からの誘いに乗ることもあるだろうに、それが全くないのは別に女がいるからではないかと、警察は考えた。

女がいれば、当然夫婦仲も悪くなるであろうと飛躍していく。女と新しい生活をはじめるには妻子が邪魔だ。しかし、妻は別れ話に応じようとしない。そこに犯行の動機があると考えたらしいが、野口の容疑はすぐ晴れた。

当時、所轄署の強行犯捜査係にいた菱川という警部補が、野口の犯行の不可能なことを訴えたのだ。

犯行時間帯は電車の動いていない時間であり、会社の車が動かされた形跡のないこと。仮に、車なりバイクなりを使ったとしても、一時間では犯行を行った上に会社まで帰ることは不可能であることを実証した。菱川は同じ時間帯に車で走って実験したのである。

だが、妻の香穂が夫の女性問題で悩んでいたらしいという話がいつしか噂《うわさ》で広まった。聞き込みを受けた近所の主婦が、捜査員から野口には女がいるらしいと聞かされ、人間ってわからないものですねと答えた。そして、その主婦はこのことを知り合いに話した。こうしていつしか、妻の香穂が夫の女性問題で悩んでいたということが事実のようになってしまった。

被害者にとんでもない噂が広まることは往々にしてある。野口の場合もそうだった。野口は妻子を失った悲しみ、犯人に対する怒りに加え、いわれなき無責任な噂に苦しめられたのだ。

犯人が捕まったのは事件から二ヶ月後だった。

先の菱川警部補が目をつけていた男がいた。近くに住む十九歳の少年Tだった。少年Tはいわゆるフリーターだが、あまり働かず、いつも盛り場をふらふらしていた。

菱川警部補がTに目をつけたきっかけは、ある事件からであった。ひとり暮らしの若い女性のマンションの部屋に押し入った男がたまたま泊まりに来ていた恋人に見つかり、あわてて逃走するという事件が起こった。

若い女性は家宅侵入の男の顔を覚えていて警察に訴えた。その話を聞いた菱川は母子殺害事件との関連も考えて、家宅侵入の男の捜索を手伝い、二十歳の工員を探し出した。菱川はその工員に母子殺害の疑いを向けたところ、その工員が仲間のTの名を出したのだ。

Tは、被害者の香穂をいつか俺のものにしてみせると仲間に豪語していたという。菱川はさっそくTに接触し、Tの指紋をとって現場に残っていた指紋と比べてみた。まさに一致したのだ。

Tはすぐカッとなる性格で、中学生の頃から非行に走り、学校にも行かず、いつも盛り場をうろついていた。もちろん、この程度のことで疑いを深めたわけではない。

Tは十七歳のときに若い女性のアパートに乱暴目的で忍び込み、女性の激しい抵抗に遭い、逃走。その後、女性の証言によってTは逮捕されていたのだ。

しかし、このとき人権派と呼ばれる弁護士がついて、嫌疑なしということで不起訴処分になっていた。

弁護士は警察の不当逮捕と騒いだ。やがて、その女性の証言が変わっていった。Tだったか、よく覚えていないと言い出したのだ。

少年の逮捕と同時に支援グループが出来、そのメンバーが被害者女性のところに毎日のように押しかけ、いいかげんな証言をして少年の一生をメチャメチャにするのかと迫ったらしい。

少年の父親は大きな家具製造販売店を経営しており、青少年育成委員会の会長や人権を守る会の世話人、さらにはいろいろなボランティアに力を注いでいるなど、いわば地元の有力者であった。

この父親の威光により、腕利き弁護士や支援グループがすぐ活動をはじめたのだ。しかし、警察内部では不起訴処分に不服の捜査員も多かったという。

こういう経歴の少年Tが浮上したが、Tの父親の関係から捜査は慎重にならざるをえなかった。

捜査本部はマスコミに知られないように少年Tを任意で別の庁舎に呼んで事情を聞いた。それと並行して、改めて現場周辺での目撃者探しも行われ、ついに事件当夜の午前二時頃、現場付近から逃走するTを見ていた人間を見つけた。

その目撃者は初期の段階で聞き込みに来た捜査員にそのことを告げていたようだが、その時点で捜査本部の目は野口に向かっていたためその証言は受け流されてしまっていたのだ。

捜査本部は幾つかの証拠を突きつけ、Tを問い詰めた。そして、ついに否認し続けていたTが自白した。

Tは裁判で懲役九年の判決を受けた。

夫であり、父親である野口康介がマスコミの前で自分の思いのたけを吐き出したのは一審の判決のあとだった。

懲役九年という判決に、野口が頬《ほお》を震わせてテレビカメラの前で訴えていた。

「自分の欲望を満たすために妻を襲って殺し、傍《そば》で泣きじゃくっていた息子の頸を絞めて壁に打ちつけて殺すという残虐な犯行を犯した。何の罪もない妻と子どもを平然と殺した人間がどうして懲役九年という軽い刑で済むのですか。犯人が十九歳だからですか。犯人が幾つであろうと、被害者の苦痛は変わりません」

野口は激しく裁判を批判した。

「犯人は妻に誘われたと嘘をついている。妻がそんな女ではないことは私が一番よく知っている。五歳の子どものいる母親がどうして子どもが寝ている部屋に男を引き入れますか」

あのとき、野口がそう叫んでいたのを、真壁はニュースで聞いていたのだ。しかし、野口という名であったことは覚えていなかった。テレビ画面で見た男はずっとふっくらとした顔だちだったと記憶している。今の野口からは想像もつかない。

野口が言うように、母子ふたりを殺害した犯人が、たとえ犯行時未成年だったとしても懲役九年というのは確かに軽い判決だ。検察側はなぜか控訴をしなかった。諦めムードがあったのだろうか。

少年はたくさんの人権派の弁護士の支援を受けた。主任弁護人となったのが少年犯罪専門で著名な大友弁護士であった。大友はTが十七歳のときの事件でも弁護をした弁護士である。

大友弁護士の弁論は、被害者の香穂が少年を誘惑し、飽きてきたら別れ話を持ち出した。そのことにカッとなって、殺害したというものだった。

なぜ、香穂が少年を誘惑したのかについて、弁護人はこう述べた。被害者は夫との仲がうまくいっていなかったようであると。

法廷で、野口が弁護人から性生活をきかれた。そのとき、野口が憤慨して答えなかったという。そのことが裁判官の心証を悪くしたらしい。

少年は別れ話に狂ったのであるが、決して殺そうと思ったのではない。逆に、被害者から夫に訴えてやる、近所に触れ回してやるなどと威《おど》されて、ついに思い余って殺害してしまったものである。

この弁護人の意見を裁判所は採用したのだ。

あれから十年余の歳月が流れた。真壁は感慨を振り払い、事件現場から離れた。

真壁は近くにあったパン屋に入り、野口一家についてきいてみた。

「覚えています。いい奥さんでした。よくうちにパンを買いに来てくれたんです。あの裁判はおかしい」

パン屋の主人は事件をよく覚えていた。

「犯人の少年はこの辺りじゃ有名なワルでしたよ。それがやり手弁護士にかかると、真面《まじ》目《め》な少年になってしまうんですからね」

「じゃあ、犯人の名前も知っているんですね」

未成年ということで、当時の新聞記事には名前は伏せられていた。

「土田浩樹って言うんでしょう。うちの娘も付け狙《ねら》われたこともあって、気持ち悪いなんて言っていたんですからね」

「その後、野口さんがどうしているのか、ご存じじゃありませんか」

「判決が出たあと、会社も辞めてどこかに引っ越して行きました。どこに行ったのか、誰も知らないんじゃないですか」

その野口が今、秦野駅近くのアパートに住んでいると言ったら、びっくりするだろうか。しかし、それだけのことだ。それを知ったからといって、どうなるものでもない。

「野口さんは奥さんもお子さんも愛していたんでしょうね」

「そりゃ、もちろんですよ。あんな子煩悩な父親はいないんじゃないかって思えるほどね。事件のあとは悄然として、声をかけるのも憚《はばか》られるほどでしたね」

「野口さんに兄弟は？」

「ひとりですよ。両親と早く死に別れて、身内に縁の薄いひとでしたね」

野口は高校生のときに両親を相次いで亡くし、大学進学を諦めて小田原の会社に就職したらしい。

「奥さんのほうの家族は？」

「実家は藤沢《ふじさわ》だったと思いますよ。葬儀でご両親が泣き崩れていた姿が目に焼きついています。妹さんがいたはずです」

「実家の住所はわからないでしょうね」

「そこまでは」

客が入って来て、主人はいらっしゃいと声をかけた。

真壁は礼を言って、店を出た。

それから他のひとにも訊ねてみたが、事件は覚えていても、その後の野口がどこでどうしているかなどとは知っている人間はいなかった。

判決後、秦野を出て行った野口が再び戻って来た。今、隣駅の近くに住んでいるが、やはり水無川から遠くないアパートを選んでいる。水無川も家族の思い出の一つなのだろう。

渋沢駅に向かいながら、ゆうべ夏美に電話で事件のことを告げたときのことを思い出した。

彼女は野口の妻子が交通事故で死んだと思っていた。野口がそう言っていたからだ。なぜ、野口は事件を隠したのか。よけいな心配をさせまいとする気遣いからか。

「違う。殺されたんだ」

そう言うと、彼女はそのまま言葉を失っていた。

野口は自分よりはるかに過酷な運命にみまわれた。担任クラスの子を親の虐待から助けることが出来ずに非難され、そのために教師を辞めざるを得なかった俺の不幸など、野口から比べたら子どもの泣き言に過ぎない。

真壁は渋沢から小田急線で小田原に向かった。沿線は緑が多く、落ち着いた風景が開けている。野口は毎日、この風景を眺めながら会社に通っていたのだ。

およそ二十五分ほどで小田原に着いた。駅を出て、土産物屋《みやげものや》の前を通り、小田原城のほうに向かう。

途中で道を訊ねながら城の裏手のほうにあった『昭和機器製造』という会社を訪ねた。事務机から椅子、ロッカーなどの事務機器を製造する会社だ。

ここに野口は勤めていたのだ。門の横にある警備員室で、総務部のひとに会いたいと言った。

訪問者名簿に名前を書き入れ、バッジを受け取って事務所に向かう。広い敷地に工場の建物が二棟あり、右端に事務所となっている四階建ての建物があった。

入ると、すぐ受付があった。

ジャーナリストの名刺を出してから、用件を切り出した。

「十年ほど前までこちらで働いていた野口康介さんについて知りたいのですが、野口さんと同期だった方にお会い出来ないでしょうか」

受付の女性は戸惑いぎみに、総務部に電話をかけてくれた。

真壁が言った内容を伝えている。要領を得ないようだ。その女性が受話器の送話口を手で押さえ、

「総務部課長の須崎《すざき》が電話に出ております。直接お話ししていただけますでしょうか」

と言い、受話器を寄越した。

真壁は受け取って耳にあてがい、野口康介の同期の方に会いたい旨を伝えた。

「どのような目的なのでしょうか」

「事件の取材をしています。事件直後の野口さんの様子を知りたいのです」

「事件と言いますと、十年前の？」

「はい」

「そうですか。すみませんが、そこで少々お待ちください」

相手が電話を切った。

真壁はソファーに座って待った。

十分以上待たされてから、ようやく作業着にネクタイという姿の男性がふたりやって来た。

瘦《や》せているほうがさっきの電話の須崎課長で、小肥《こぶと》りの男が井村といい、開発部の技術課長だと名乗った。ふたりとも同年齢で、四十前後に思えた。

ふたりとも、野口の同期だという。

真壁も名刺を渡したあと、

「奥さんとお子さんを殺された男のその後について取材をはじめたのです」

と、改めて野口について知りたいと頼んだ。

「もう十年前のことですからね。彼のことはあまり記憶にないんですよ」

須崎は井村と顔を見合わせてから答えた。

「会社を辞めた頃のことをお聞きしたいのです」

ふたりの表情が何となく冷やかなことを気にしながら頼む。

「彼が突然会社を辞めたのは一審の判決の後でしたね。判決に相当ショックを受けていたようです。誰にも、その後のことは告げずに辞めていったんですよ」

まず須崎が答え、井村が続けた。

「家も手放して、我々の前から姿を消してしまった。事件のあと、彼は激しく落ち込んでいて、我々もどう慰めてよいかわからなかったほどです」

「じゃあ、どなたも野口さんの行方を知らないんでしょうか」

「知らないはずです。少なくとも、会社の人間は知らないはずです」

「三回忌や七回忌はどうしたのでしょうか」

「身内だけでやったのでしょう」

会社とはもう縁がないという。

「ですから、お話し出来るようなものは何もないんですよ」

須崎がやや声を高めて言った。

「事件のことを取材されているそうですが、もし記事にする場合でもうちの社名を出すのは止《や》めていただけますか」

井村も強い口調で言った。

「当時も、得意先に行くたびに事件のことをきかれ、閉口したんです。お宅の社員が殺《や》ったそうですね、と。最初は野口さんが疑われていましたからね。疑いが晴れても、野口さんはどうしているなどと必ず話題に出る。もうこりごりです。また、そんな記事を書かれたら、忘れていた記憶を呼び起こしてしまいかねませんよ」

どうやら、このことで釘《くぎ》を刺す意味もあってふたりが出て来たのだとわかった。

「わかりました。会社の名前は出さないようにします」

もともとこの事件を書くつもりはないので、はっきりと言った。

「会社の名前を出さなくても、小田原の会社に通勤していたなどと書かれても同じことですよ」

「じつは、まだ本格的に取材するかどうか決めかねている状態なんですよ。いえ、ほとんど通りそうもない企画なんです。今のお話を聞いて、この企画は無理だと報告するつもりです」

「本にしないということですか」

「たぶん、いえ、ないと言っていいでしょう。取材する当人が無理な企画だと報告するわけですから」

安心出来たようで、ふたりは表情を和ませた。

「それはそうと、野口さんのことを知っていそうな方をご存じじゃありませんか。いちおう、調査した結果も報告書にまとめなければならないものでして」

相手は疑わしい目を向けたが、

「会社にはいないでしょう」

と、断言するように言った。

「会社じゃなくても、学校時代の友人など」

知りませんと須崎は言ったが、井村が眉間《みけん》に指を当てた。何か、思い出そうとしているようだ。

「確か、彼の結婚式のときに司会をやったのは学生時代の友人とか言っていたな。そうそう、奥さんの葬儀にも来ていた。彼の名は……」

「俺は覚えてないな」

須崎が素っ気なく言う。

「そうだ。海老名《えびな》だ」

「ああ、俺も思い出した。海老名と言い、海老名にある外資系の会社に勤めていますと、面白おかしく自己紹介をしていたな」

「海老名さんですね」

小田急線の海老名は同じ神奈川県内であり渋沢から三十分ほどだ。

「野口さんはどんな性格のひとだったんですか」

「明るく、よく喋《しゃべ》る男でしたね」

真壁の知っている野口とはまったく別人のようだ。

「事件が起こってから、ひとが変わってしまった」

須崎がしんみりと言った。

辞去したあと、真壁は駅に出て、公衆電話ボックスを見つけて電話帳を調べた。海老名にある外資系の会社というので、有名な外資系の会社に電話をしてみたが、海老名という社員はいなかった。

そこで、別の外資系と思われる会社に電話をしてみた。コンピューター操作の声で、ダイアルインの番号に掛け直して欲しいというものだった。

すぐに掛け直すと、電話の向こうに海老名なる男性が出た。

「失礼ですが、野口康介さんの友人の海老名さんでしょうか」

「いえ、違います」

「十六年ほど前、野口さんの結婚式で司会をやられたと……」

「人違いじゃありませんか。十六年前だったら、私はまだ小学生でしたよ」

失礼しましたと、電話を切った。

その後、幾つかの会社に電話をしたが、見つからなかった。

新宿に向かう電車の中で、自分はいったい何をしているのだろうかと自問した。

会社を辞めたあとから現在までの生活を調べて何になるのか。いや、そこから何か見えてくるものがあるはずだ。野口から発散する烈しさの正体が見えてくる。それを見極めたいのだ。

野口のことを知る人間はやはり殺された妻の両親であろう。

真壁はもう一度新聞記者に電話をした。

6

鈍く弱い冬の陽射しが亜依の横顔を照らしている。亜依は澄ましていた。いつのまに、こんなに大人っぽくなったのかしらと、きょう八歳になったばかりの娘をまぶしく見つめた。

「お母さん、今、精神科の先生のところに行っているのよ。あなたといっしょに暮らせるようになりたいから」

夏美からの虐待に加え、実の父親からも暴行され、さぞ深い傷を負っているだろうと思ったが、予期に反して亜依は元気だった。

まだ額に痣は残っているが、だいぶ疵も癒《い》えたようだった。

「じつはお母さんね。お父さんと離婚したの」

先日、離婚届けに判が押されて川島から返って来たのだ。

「ふうん」

亜依は何でもないように頷《うなず》いた。

「寂しくない？」

「別に。あんなお父さん、いらないもの」

そう答えたあとで、亜依が目を輝かせて言った。

「野口のおじさん、どうしている？」

そのことには答えず、

「亜依は野口さんが好き？」

と、夏美は逆にきき返した。

「うん。やさしいもの」

「そうね」

実の父親への失望が野口への思慕を募らせているのかもしれない。

「野口さんはね。昔、子どもがいたんですって。男の子だったそうだけど」

「どうしたの、その子？」

亜依は身を乗り出した。

「死んだんだって。お母さんもいっしょに」

「どうして、病気？」

「事故らしいわ」

刺激が強過ぎて、殺されたとは言えなかった。

「だから亜依のことも自分の子のように思えるのね」

「そうだったの」

亜依は悲しそうな目をした。

「野口のおじさんがお父さんだったらいいのにな」

「そうね」

「ねえ、結婚したら」

亜依がませた口ぶりで言った。

「お母さんと野口のおじさんはそういうんじゃないのよ」

「どうして？　長野の病院に来てくれたときに野口のおじさんが言っていたよ。おじさんもお母さんのことが好きだって」

「どうしてそんなことを？」

「そうだよ。私、きいたんだもの」

「いやねえ」

野口は気になる存在だが、それは男と女の愛情とは違うような気がする。亜依も感じている野口のやさしさに、夏美もひかれているのだ。野口の前にいると、とても心が安らぐ。安心していられるのだ。その一方で、苦悩と闘っている姿が痛ましく、力になってやりたいと思う。

だが、野口は自分の前から去って行こうとしている。

「野口さんね。もうすぐ引っ越して、どっかへ行ってしまうんだって」

夏美は正直に話した。

「いやだ、そんなの」

亜依の顔つきが変わった。

「お母さん、行かないようにしてよ。行っちゃだめだって」

むきになって、亜依が訴える。

「わかったわ。頼んでみる」

そう言ってみたものの、野口の意志が変わるとは思えなかった。

「ほんとうよ」

亜依が念を押した。

「もし、お母さんでだめなら私が頼んでみる」

亜依が一途に言う。亜依にとっては野口は父親以上の存在になっていることを、改めて思い知らされた。諦めず、もう一度野口に頼んでみようと思った。


アパートに戻ると、野口の部屋から菱川という男がちょうど引き上げるところだった。菱川と目が合った。怖いほどの目だ。夏美の顔を見て、菱川は目を細めた。男の後ろに野口がいた。夏美と目を合わす。野口の目も鈍く光っている。明らかに、野口に昂《たかぶ》りが見られた。

菱川の姿が視界から消えるのを待って、夏美は思い切ってきいた。

「前にお世話になっていたということですが、あのひとは何者なんですか。ふつうのひとじゃないですね」

「入りませんか」

野口が部屋に招じた。

夏美は野口の部屋に入った。

「今度、あのひとといっしょに事業をやろうとしているんです。その打ち合わせのためにときたま来ているんです」

「事業？」

「ええ。それで引っ越しをするんです。今の会社は今月いっぱいで辞めるんです」

「事業ってなんですか」

「まだ、言える段階じゃないんです」

「ずいぶんおっかない目つきのひとですね。さっきのひと」

夏美は反感を抑えてきいた。あの男は野口に決して幸福をもたらさない。いや、不幸を招く悪魔か死神のように思えてきた。

「土木関係の危険な現場で働いていましたからね」

野口がぽつりと言った。

「新しい仕事を始めるなら、何も引っ越さなくていいじゃありませんか」

「活動の場が東京の下町のほうなので、ここからは通えないんです」

「私も連れて行ってください。新しいお仕事の邪魔はしません。亜依も野口さんが引っ越して行くと話したら、どうしても引き止めてくれって」

唇を半開きにし、野口は苦しそうに喘《あえ》ぎながら首を横に振った。

「野口さん。どこか痛むんじゃありませんか。どうか、病院に行ってください」

野口は再発したガンに侵されているような気がする。このままでは手遅れになりかねない。夏美は焦りに似た気持ちで言った。

「明日、病院に行きましょう。私がついていきます」

「いや、いい」

「いけません。私の気のすむようにさせてください。このまま、あと半月足らずで別れてしまうなんて堪えられないんです」

夏美は涙ぐみながら必死に訴えた。

困惑したような表情でいたが、ふと野口は呟《つぶや》くように言った。

「もう少し待ってください。そしたら、病院に行きます」

「もう少しって、いつまでですか」

「十二月半ば」

「ほんとうですね」

「約束します」

野口がはじめて白い歯を見せた。

7

藤沢市辻堂《つじどう》に野口香穂の実家があった。海に近い場所で、汐《しお》の香が漂ってくるようだ。

犯罪被害者の問題を追っているジャーナリストだが、野口康介氏のことで話があると電話で告げたところ、かえって相手のほうが積極的に会いたいと言った。

約束の時間に庭のある家を訪問すると、両親が待ちわびていたように真壁を仏壇のある部屋に招じてくれた。

仏壇に位牌と共に香穂と子どもの写真が飾ってある。今も毎日何度も語りかけているのだと母親が言った。

「康介さんは土田浩樹の判決が出たあとに秦野市から引っ越してしまいました。その後、年賀状や手紙のやりとりはしていましたが、三回忌が終わったあと、音信がありません。たぶん、再婚でもしているのだろうと思っていましたが、そうですか、まだ独身でしたか」

父親が目を細めて言った。

「野口さんはとても家族を愛していたんでしょうね」

「それはとても。子煩悩でした。娘のことも大事にしてくれてね。彼は高校生のときに両親を亡くしているので、人一倍家族を大事にしていたんです」

隣で母親は目尻を拭った。

「お孫さんはどんなお子さんだったのですか」

「いい子でした。元気で明るくて、そしてやさしくて」

父親は涙声で言う。

「日曜日のたびに、家族で出かけていたようです」

弘法山公園、震生湖などに野口は家族で遊びに出かけているのだ。

「事件のあと、野口さんはどんな状態でしたか」

「それは悲惨でした。なにしろ、家族が殺されたのに、警察は娘のほうにも落ち度があると決めつけているんですから」

犯人の土田浩樹を知らない人間は、ほんとうに香穂のほうが土田を誘惑したと信じていたという。

「そんな世間に怒り狂っていました」

母親が脇から、

「康介さんは自分が夜勤だったためにふたりを守ってやれなかったことを悔しがっていたんです。その上に、娘への中傷ですから、娘の名誉を守るために警察に対しても、裁判でも闘ってきたんです」

と、痛ましそうに言った。

「遺族の悲しみは癒えることはありませんよ。病気や事故だったら、あるいは諦められるかもしれません。でも、何の罪もないのにあんな無残な殺され方をし、その上に中傷ですからね。おまけに、犯人には甘い処分。この世の中はどうなっているんだと言いたいですよ」

「犯罪被害者の会などがありますが、そういうものに加わることはなかったのですか」

「そういう誘いもありましたけど、私たちは」

父親は首を横に振ってから、ふと顔を上げ、

「私は未《いま》だに土田浩樹を許すことは出来ません。あのとき、目の前に土田がいたらためらわず私は土田を殺していたでしょう。それが出来なかったことが無念です」

「康介さんは」

と、母親が言った。

「娘や孫のことを忘れてしまったわけではないんですね」

「逆です。いまだにふたりを愛しているように思えます。今、野口さんは秦野市に住んでいます」

「秦野市に?」

「ええ。そこのアパートにひとりで暮らし、休みの日には家族で行った弘法山公園や震生湖などに行っているんです。家族を思い出しているんですよ」

「家族を思い出す?」

父親が顔色を変えた。

「いつから、そこに住んでいるんですか」

「半年ほど前からです」

「そうか。そうなのか」

父親が興奮してきた。

「どうしたんですか」

父親の様子を訝《いぶか》った母親がきいた。

「そろそろ、土田浩樹が出所してくる」

あっと、真壁も気がついた。懲役九年だとしたら、そろそろ刑務所から出て来る時期だ。

まさか、と真壁は呟いた。

「復讐《ふくしゅう》するつもりでは？」

はっとしたように表情を変え、

「いや、そんなはずはあるまい」

と、父親はあわてて打ち消した。

しかし、その可能性が強いと、真壁は思った。元刑務官とのつながりは出所する日時の連絡ではないのか。

「彼は土田を殺すつもりに間違いありません」

と、思わず言った。

「長居をしました。彼には、私が訪ねてきたことを話さないでください。失礼します」

真壁は落ち着きをなくして立ち上がった。

「どうするんですか」

父親が呼び止めた。

「万一復讐するつもりだったら、あなたはどうするんですか。引き止めるんですか」

「それは……」

返答に窮した。

「もし、そうだとしてもそっとしておいてやってください」

父親は強い眼差しで言った。

バス停まで歩き、やって来たバスに乗った。辻堂駅に向かうまで、ずっと野口の復讐のことを考えていた。

ガンに侵されている野口が医者にかかろうとしないのは、治そうという気がないのだ。あと数ヶ月、いやもっと極端にいえばあと一ヶ月ぐらい元気に動き回れればいいと思っているからではないのか。

どうせ、土田を殺せば警察に捕まる。警察から逃げようとも思っていないはずだ。刑務所に入るのも死が訪れるのも、野口はどちらも恐れていないのではないか。

辻堂から品川に向かう東海道線の電車の中で、真壁は野口を引き止めるべきかどうか迷っていた。

香穂の父親は、野口の思い通りにさせてやってくれと言った。父親も土田に対する怒りがあるからだろう。

しかし、復讐の果てに何があるのか。殺人犯という汚名を着せられても、妻子の仇《かたき》を討つことに意義があるのか。

いったい、土田はいつ出所するのか。犯人の弁護人になった大友弁護士のことを思い浮かべた。土田浩樹の弁護人であれば、出所のことを調べることが出来るのではないか。こうなったら大友弁護士に当たってみようと思った。

品川で山手線に乗り換え、新宿に出た。南口を出て久保弁護士の事務所に急いだ。大友弁護士と面識があれば紹介してもらい、なければ大友弁護士の事務所の場所を聞いてみようと思った。

真壁は四谷にある藤嶋亮・大友啓二法律事務所のドアを押した。共同事務所で、中央の受付をはさんで右手が大友弁護士の事務所になっていた。

簡単な衝立《ついたて》で仕切られた応接室で待っていると、髪の毛の薄い精力的な感じのする男がやって来た。縦縞《たてじま》の紺のスーツに身を包んでいる。五十歳前後だろう。

「大友です。さあ、どうぞ」

真壁が座ると、大友も椅子を引いて腰を下ろした。

「お忙しいところをお時間を作っていただいて申し訳ありません」

「いや、久保先生の頼みではね」

久保早紀江弁護士に仲介を頼み、きょうの訪問の設定をしてもらったのだ。そもそも久保弁護士との出会いは内川大樹の事件からだ。まるで、大樹が真壁を大友弁護士の元に差し向けたような因縁を覚えた。

「十年前の事件のことですって？」

「はい。土田浩樹という当時十九歳の少年が母子ふたりを殺害した事件のことでお伺いしたいのです」

「いったい、その事件の何を取材しているのですか」

「土田は懲役九年だったそうですね」

「そうだったな」

今思い出したというように、大友は頷いた。

「もうすぐ出て来ます」

「そうなるか」

憂鬱《ゆううつ》そうに、大友は顎をなでた。

「ほんとうは土田浩樹のことより、被害者の夫だった野口康介に興味があるんです」

「野口康介ねえ」

大友は微《かす》かに眉《まゆ》を寄せた。

「野口は判決が出たあと、引っ越して行ったんですが、どこへ引っ越して行ったのかご存じじゃありませんか」

「知りません」

大友は否定してから、窺うような目を向け、

「君はその後の野口の人生を取材しようとしているのですか」

「はい」

真壁は土田のことに話題を戻した。

「先生のところに土田浩樹から手紙が来ることはあるんですか」

「ない」

「そういうものなのですか。土田にしてみれば、先生の弁護のおかげで九年という短い刑期で済んだと思うのですが」

「そんなものです。それに、こっちだって、新しい仕事がどんどん来るわけだから、いつまでも昔のことを引きずってはいられない」

「じゃあ、判決が出たあとは先生と土田との関係はそれきりに？」

「そういうことになるかな」

大友は不審そうな顔になって、

「何か心配事でもあるのですか」

と、きいた。

「じつは野口康介氏と偶然に出会ったのです」

「野口さんに？」

「はい。野口さんのところにときたまやって来る男がいます。菱川という元刑事です」

「刑事ですか」

大友は目を細めた。

「その刑事のことはご存じですか」

「そういう人間が傍聴席に座っていたことを覚えています」

「傍聴席？　土田の裁判ですね」

「そう。あるとき、廷吏に訊ねたら、警察官だと言っていました」

「菱川は土田浩樹の事件の捜査本部にいた刑事です」

「そうでしたか」

呟くように頷いてから、大友がきいた。

「そのひとがどうかしましたか」

「元刑務官という男と会っていたんです」

「刑務官？」

「土田の出所が間近ということと思い合わせてなんだか不安になるんです」

「不安というのは？」

野口のことを調べて行くうちに、彼の行動がある一点に向かって突き進んでいるように思えてきたと告げた。

元刑務官と接触を図っているのは土田の出所時期を知るためであろう。そして、その仲介をとっているのが捜査本部にいた元刑事の菱川だ。

先日、アパートの入居の際に野口の保証人になった秋葉四郎から電話があり、野口が今月一杯で退社することになったと報《しら》せてきたのだ。夏美に電話で確かめると、野口は今月末でアパートを引き払うという。

思い過ごしではない。真壁は自分の想像が間違っていないと思うのだ。

「野口は土田に復讐をしようとしているのではないでしょうか」

「まさか」

大友は一笑に付した。

「やくざではないんですからね」

「そうでしょうか。自分の妻子を残虐な犯行で殺した犯人は僅か十年足らずで社会に復帰してくるのです。犯行当時十九歳だった土田浩樹はまだ三十前ですよ」

事件を知り、野口の妻子思いの人間性を知るに連れ、土田に復讐するという思いが理解出来るのだ。

しかし、大友が反論した。

「ひとが十年間も殺意を抱《いだ》き続けていられると思いますか。事件は過去のものになって行くはずです。確かに、犯人に対する憎しみは消えないかもしれない。でも、妻子の死の無念さも悲しみもだんだん遠退《とおの》いていくぶんだけ、憎しみも薄らいで行くのではないでしょうか」

それを保ち続けてきたのだ、と真壁は言った。

「短い期間だったら、その可能性もありますが、それは考え過ぎだと思いますよ」

大友は取り合わなかった。

「そうでしょうか」

真壁はなおも訴えるように言った。

「野口の奥さんが土田を誘惑したということになったそうですね」

大友が黙ったまま頷いた。

「事実はどうなんでしょうか」

「事実なんて誰にもわからんでしょう」

「ということは、奥さんが土田を誘惑したというのは間違いだったかもしれないということもあり得るわけですか」

「そういうことになるな」

大友は正直に言った。

「ようするに、土田が懲役九年で済んだのは先生の手腕によるところが大きいということですよね」

「そうかもしれないね」

「裁判で、自分の妻の尊厳が傷つけられた。そういう主張をした犯人は、殺した上にさらに死者に鞭《むち》を打つような真似《まね》をしている。野口は当然、そう思ったんじゃないですか」

「それは、あなたの勝手な考えでしょう」

今の野口を見ていないからそう言えるのではないかと思ったが、そのことは口に出さなかった。

「野口が土田に復讐をしようとしているのかどうかわかりません。でも、万が一ということもあり得ます。どうか、土田浩樹の身内に注意をしてやってくれませんか」

「そのことを言いにわざわざやって来たというわけですか」

大友は苦笑し、ネクタイの結びを少しゆるめてから、

「さっきもお話ししましたが、土田の両親とはもう何年も会っていません。そういう間柄なのに、わざわざそんなことで会うわけにはいきません。それに、私は両親が今どこに住んでいるのかも知らないんです」

「土田の両親は引っ越したのですか」

「ええ。息子が殺人事件を起こしたのですからね、地元にはいられなくなったんですよ。

判決のあと、商売を畳んで引っ越して行きました」

「そうですか。知りませんでした」

「土田浩樹が逮捕された直後には、当時私立高校に通っていた妹が退学して、親戚《しんせき》の家に移ったと聞いています」

犯人の家族もまた被害者である。しかし、同じ被害者でも、野口の妻子は命を奪われてしまっているのだ。

「そろそろ来客があるんです」

大友は腰を浮かして言った。

「お役に立てずに申し訳ありませんでした」

「いえ、こちらこそ、お忙しいのに時間を割いていただいてありがとうございました」

礼を言い、真壁は大友の法律事務所を辞去した。

JR四谷駅に向かいながら、いったい自分は何のために大友弁護士に会いに行ったのだろうかと考えた。

大友弁護士に告げることで、野口の復讐をやめさせようとしたのか。いや、そうではなかった。

野口の目的を察しながら何の手も打とうとしなかったという負い目から逃れるためではないか。

大友に自分の予感を話したことで下駄を預けた。そうやって気持ちを楽にしようとしていただけなのかもしれない。

そう思うと、もう土田とは関係ないと突っぱねた大友の態度を責める資格など自分にはないのだと忸怩《じくじ》たる思いにかられた。

第四章　朝焼け

1

　また胃が痛み出した。しかし、行動に支障がなければいいのだ。何度か休んで、野口はようやく権現山の頂上に辿《たど》り着いた。弘法山公園である。

　香穂と康一といっしょによく来たところだ。桜の満開の頃、秋の紅葉の時期。それぞれ趣があり、香穂の好きな場所だった。

　しばし、ふたりを偲《しの》んでから権現山を下る。弘法山に向かう途中は平坦《へいたん》な道になり、馬場道という桜並木だ。親の手を離れ、康一が走りまわったことがある。風に散る桜の花を追いかけていたのだ。

　あの頃はほんとうに楽しい毎日だった。ささやかながら、幸福に浸っていたのだ。平成六年十一月九日までは。またも、胃にきりりと締めつけられるような痛みが走った。

ふたりが死の寸前、何を考えていたのか。恐怖の中で、自分にきっと助けを求めたであろう。香穂も康一もどんなにか怖い思いをしたであろう。

あのとき、野口は夜勤で会社にいたのだ。夜勤明けで帰宅し、ドアを開けたとき、いつもと違う異様な感じがした。

「香穂、康一」

狂おしく叫んで家に駆け上がった。そこで見たのはふたりの変わり果てた姿だった。それからのことはよく覚えていない。絶叫しながら隣に助けを求め、救急車を呼び、警察にも電話をしたようだ。

強姦《ごうかん》目的で侵入し、抵抗されて香穂を殺害し、康一の幼い命を奪った。にも拘《かか》わらず、僅《わず》か懲役九年という短い刑期の判決を受けた。

犯人が未成年であるということ以上に、裁判官が犯人の言い分を信用したのである。物を言えなくなった妻の無言の叫びより、犯人の生の言葉を信じた。あろうことか、犯人は香穂に誘惑されていたと言ったのだ。

ここに来ると、十年前の悲しみと同時に犯人に対する怒りが蘇《よみがえ》って来る。

土田の逮捕と同時に、人権派と呼ばれる弁護士が素早くついた。弁護士は土田に法廷における被告人の態度がどうあるべきか、どうしたら心証が有利になるか、そのノウハウを教えたとしか思えない。いや、もともと土田の天性のものだったのか。

裁判長の前で直立した彼はいつも俯《うつむ》いて、ときには涙を拭《ぬぐ》う仕種《しぐさ》さえした。なんとばかなことをしたのだと思います。そう述べたあと、被告人席に戻る土田は薄ら笑いを浮かべたのだ。傍聴席から、その顔をはっきり見た。そんな人間が反省していると言っても、どうして信用出来るだろうか。あの事件で、殺されたのは香穂や康一だけではない。俺も死んだのだと、野口は思っている。

平坦な馬場道から弘法山に向かう上りになった。登り着くと、大師堂と鐘楼があった。弘法大師修行の地と伝えられている。

ここにある公園でも、康一は遊んだ。樹の枝一本にも香穂と康一の思い出が染みついているようだ。

そこを下って行くと、羊のいるめんようの里に出る。羊を見て、康一がはしゃいでいた。しばし、そこに佇《たたず》み、康一の幻影を見た。

バス停に出て、十分ほど待っているとバスがやって来た。バスに乗り込むと、ふいに胸の奥底から込み上げてくるものがあった。そして、土田浩樹に対する怒りが燃え上がってきた。

秦野に戻ってから約半年、土曜と日曜日ごとに家族で楽しんだ場所を歩き回った。そうしていると、今もふたりといっしょにいるような気になる。

しかし、思い出巡りもきょうが最後だ。

アパートの部屋に戻り、香穂と康一の位牌《いはい》に手を合わせる。

「もうすぐ行くからな」

野口は声をかけた。

ふたりが笑ったような気がした。香穂も康一がいっしょだから寂しくはなかったろう、康一もお母さんが傍《そば》にいてくれるから寂しくなかったろう。でも、父さんがいなくちゃ、なんかへんだよな。やっぱり三人いなくちゃ、寂しいよな。十年もふたりきりにしてごめんよ。あとすぐだ。もうじき三人で暮らせる。

ドアチャイムが鳴った。涙を拭って立ち上がった。

ドアを開けると、夏美が立っていた。可愛い感じの香穂とは違い、夏美は目鼻だちの整った美人だ。

はじめて会ったとき、暗い闇《やみ》を彷徨《さまよ》っているような危うい人間性を感じ取った。それは自分もそうだからわかるものだ。

やがて、それが子どもに対する虐待という、野口にとっては信じられない病根を抱えているからだと知ったが、普段の彼女からはそういうことは窺《うかが》い知ることが出来なかった。

香穂は康一を可愛がった。どんなに康一がぐずり、泣きわめこうが、必死になだめ、ときには自分も泣きたい気持ちになりながらあやしていた。

親というのはそういうものだろうと思ったが、それは家庭が安定しているから言えることなのかもしれないと、夏美の事情を知るにつけ、そう思うようになった。

夏美は亭主が女をこしらえ、精神的に落ち込み、情緒不安定な状態で子育てに追われた。そこに、夏美の病根があるのかもしれないと思った。

「夕飯、いっしょに食べませんか」

夏美が自然な笑顔で言った。

残り僅かな時間を大切にしたいという思いが伝わってくる。

しかし、野口は断った。

「いえ、もう私にお構いなく」

「じゃあ、また明日お誘いにきます」

明るい声で言い、夏美は出て行った。が、落胆し、自分の部屋に戻ってしょんぼりしている姿を想像した。俺のことを心配してくれる気持ちに応《こた》えられない。すまない、と野口は心で詫《わ》びるしかなかった。

なんとか夏美が亜依といっしょに暮らせるようになって欲しい。そのためには、まず夏美が他人から愛されることではないか。

最近、真壁という男が夏美の部屋にやって来なくなった。俺のことを勘違いしているわけではないだろうが、気になる。

また胃が疼《うず》いた。ガンの再発は間違いない。いや、あちこちに転移しているのだろう。自分の体は自分が一番よくわかる。もう何年もガンと付き合ってきたのだ。が、今の自分には歓迎すべきことだった。あと数日経てば、もう生きている必然性がなくなるからだ。

翌日、朝から荷物の整理をした。暮らしに必要な最低限のものだけしか揃《そろ》えなかったが、それでもかなりな家具や調度品がある。すべて捨てていく。大家に処分を頼むつもりだった。位牌は自分で寺に持って行って預かってもらうのだ。

午後になって、アパートを出た。この町ともうじきお別れかと思うと、馴染《なじ》んだ風景がいとおしくなった。

小田急線で町田に出て、駅ビルのデパートで買い物をし、今度は横浜線で八王子に出て、バスに乗る。車窓に広がる冬枯れの風景ももう二度と見ることはないのだ。

愛甲園の門を入る。ちょうど、学校から帰ってくる子どもたちといっしょになった。その中に、亜依の姿はなかった。

事務室に行き、亜依への面会を申し込んだ。まだ、亜依は学校から帰って来ていなかったので、ロビーで待った。

ここに来て、はじめて親に見捨てられた子どもたちが大勢いることを知った。野口には想像出来なかった親子関係がここにはあった。

ふとこっちに駆けてくる影に顔を上げた。まだ腕の包帯はとれていないが、元気そうだった。

「野口のおじさん」

亜依だった。

「来てくれたの」

亜依は息を弾ませていた。

「元気そうだね」

「うん」

亜依はぴょこんと頷《うなず》く。

「これ」

野口はデパートで買ってきた大きな紙袋を渡した。

「なに?」

「このまえ亜依ちゃんが欲しいって言っていただろう」

「わあ、クマのプーさんだ」

黄色いクマのプーさんの縫いぐるみに、亜依ははしゃいだ。

「おじさん、ありがとう」

「座らないか」

亜依は横に来た。

「おじさん、引っ越しちゃうの?」

夏美から聞いていたようだ。

「うん。お仕事が変わるので引っ越さなくちゃならないんだ」

「でも、また会えるんでしょう」

「おじさんはいつでも亜依ちゃんの傍にいるよ。それより、また、お母さんのところに帰ってやってくれないか。今度はだいじょうぶだ」

「この前も、お母さんはそう言っていたけど」

「お母さんだって、亜依ちゃんが憎くてあんな真似《まね》をしたんじゃないんだ。お母さんもいろんなことがあって辛かったんだと思う。それはお母さんが弱いということだけど、もう大丈夫だと思う」

「おじさんがいっしょにいてくれたらいいけど」

「それじゃだめだ。おじさんがいたんじゃ、亜依ちゃんとお母さんがうまくいかない」

「そうかな」

亜依が目を輝かせ、

「ねえ、おじさん。今度弘法山にハイキングに連れて行って」

亜依が小指を出した。迷ってから、野口は小指を差し出した。

「指切りげんまん、嘘《うそ》ついたら……」

野口は胸が痛んだ。この約束を果たすことは出来ないのだ。

終わっても、亜依は指を離さなかった。さらに口の中で何かを呟《つぶや》きはじめた。小指をからめているので、何かの約束をしているのか。

「何？」

「亜依のお父さんになるって約束」

「えっ」

亜依はいたずらっぽく笑った。

「お母さんもおじさんと結婚したいのよ。おじさんがいてくれたら、お母さんもきっと変わるわ」

「亜依ちゃん」

野口は込み上げてくるものを抑えて、

「亜依ちゃんは真壁というおじさんを知っている？」

「うん」

「約束よ」

「いいよ」

「あのひと、どうだろう？」

「どうって？」

「お母さんに真壁さんのようなひとがいるといいんじゃないかな。そうすれば亜依ちゃんともうまくやっていけると思う」

「いやだ、おじさんのほうがいい」

「そうじゃないよ。亜依ちゃんにとっても、あのひとのほうがいいと思う」

「そうかな」

「そうだよ。考えておいておくれ」

何か言いたそうだったので、

「お友達と遊ばなくてもいいの？」

と、話をそらすように言ったが、同じ年齢ぐらいの女の子が亜依を呼びに来ていたのはほんとうだった。

「じゃあ、おじさんは帰るから」

「もう帰るの」

「お母さんにやさしくしてやるんだよ」

野口は亜依に見送られて、園を後にした。

何のしがらみもなく生きてきた身に、夏美と亜依母娘という心残りが出来た。が、それも八王子からJRに乗り込み、新宿に近づく頃には心から遠退《とおの》いていった。

電車の中に親子連れがいて、無意識のうちに目がそこに向いている。香穂が乳母車を畳んで持ち、野口が眠ってしまった康一を抱っこし、混んでいる電車に乗ったことがあった。そのとき、乗客のひとりが席を譲ってくれた。あのときは助かったと、妙なことを思い出した。

中野で親子連れが下りた。幸福そうな家族だ。俺にはもう二度とあのような生活は戻って来ないのだ。

被告人質問で、土田は誘惑をされて何度か会ううちに夢中になってしまい、今度は別れ話を持ち出されてカッとなってしまったと涙ながらに語った。

裁判官には土田の嘘が見抜けなかったのだ。弁護士が香穂を淫乱《いんらん》な女のように言い、その原因を夫である野口との夫婦仲の悪さにあると決めつけた。

被害者の人権を無視して、何が人権派弁護士だと野口は悔しかった。

マスコミのインタビューに応じ、犯人を極刑にして欲しいと訴えた。そのことに対しての批判がかなりあったことが信じられなかった。

「あなたは自分勝手です。自分の気持ちを晴らすために犯人に極刑を求めている。殺された家族のためではなく、自分のためではないか」

所詮《しょせん》、大切なものを奪われた者の悲しみは他人になど理解してもらえないのだ。いや、一つだけ、共感を覚えた意見があった。

「法は絶対である。弁護士や裁判官を批判するのは間違っている。たとえ、納得いかない判決であっても、法に従わなければならないはずだ。でなければ、社会の秩序が保たれない。したがって、あなたもそれを素直に受け入れるべきなのだ。酷なようだが、死んだ者はもう帰らない。現実を冷静に受け止め、これからはひとりで生きていかなければならない。それが残された者の道である。もし、それが出来ないというのであれば、犯人に復讐《ふくしゅう》すべきだ。刑務所から出てくるのを待って、犯人を殺す。それしか、方法はない」

普通の状況だったら、この意見に対して反論したかもしれない。だが、野口は、我が意を得たような気持ちだった。

刑務所から出てくるのを待って、犯人を殺す。それしか、方法はない。まさに、野口の考えていたことだったからだ。

新宿駅に着いた頃にはすっかり暗くなっていた。が、新宿の夜は明るい。雑踏を抜けて花園神社まで歩く。

鳥居を潜《くぐ》ると、参拝客に交じってがっしりした体格の男がいた。野口に気づき、近づいて来た。

「なんだか疲れているようだな。顔色が悪い」

菱川が心配そうに言う。

「きょうは八王子まで行ってきたので、ちょっと疲れました」

「止《や》めるならいまのうちだ」

「とんでもない」

一瞬、夏美と亜依の顔が過《よぎ》ったが、野口はためらわず言った。

「そうか」

菱川は深くため息をついた。

「金は持ってきたな。じゃあ、行こう」

取引場所まで行くのだ。

いつか、夏美が会社の上司の強引な誘いに遭って困惑しているところに出くわしたことがあった。あのとき、菱川の紹介で拳銃《けんじゅう》の密売をしている男と会ったのだ。今夜、その男から拳銃を受け取ることになっていた。

待ち合わせ場所に行くと、密売人が待っていた。野口はゆっくり近づいて行った。

2

十二月に入って、北風の強い日が続いていた。街灯の明かりが寒々と路上を照らしている。

アパートの階段を上がった。夏美の部屋の手前で立ち止まり、真壁は野口の部屋を茫然《ぼうぜん》と見ていた。すでに表札はなくなっていた。もうここに野口はいないのだ。

しばらくして、夏美が会社から帰って来た。

「まあ、どうしたの」

夏美が驚いたような顔を向けた。

「ちょっと話があってね。電話をするより、ここで待っていたほうが早いと思って」

「今、開けるわ」

バッグからキーを取り出し、夏美はドアを開けた。

部屋に上がり、明かりを点《つ》けてから、夏美はコートを着たまま石油ストーブのスイッチを押した。

部屋が暖まってきた。夏美は奥の部屋で着替えて、改めてテーブルについた。

「話って何？」

「野口さんのことだ」

頷いたのは、予想がついていたからかもしれない。

「君も知っているとおり、俺は野口さんのことを調べていた。あのひとの内部にある烈《はげ》しさの正体を知りたかったのだ」

「わかったの？」

夏美が息を呑《の》んだのがわかった。

「ビールでも呑む？」

一瞬迷ったのは、アルコールが入ったほうがいいかどうか、見極めるためだった。アルコールが衝撃を和らげてくれるかもしれない。

「もらおうか」

立ち上がり、夏美は冷蔵庫から缶ビールを二つ持って来た。

「このままでいい？」

夏美がプルトップを引いてから真壁の前に差し出した。

「野口さんの奥さんと五歳になる子どもは十年前に土田浩樹という十九歳の少年に殺されたんだ」

夏美は缶を握ったまま顔を強張《こわば》らせていた。

「犯人の土田に懲役九年の判決が出てから、野口さんは秦野市から出て行った。すぐに行ったのかどうかわからないけど、足立区の新聞販売店に住込みで働くようになり、それから越谷市のクリーニング店に移った。そこで、ここに引っ越すまでの五年間を過ごしていた」

「わかった」

夏美はビールを一口すすった。

「そこでの暮らしはまさに禁欲的だ。狭くて汚いアパートに住んでいた。仕事の休みの日にもどこかへ行くわけでもない。何の楽しみも持たず、ただもくもくと仕事だけをしていた。まるで、自分をいじめているようにさえ思える」

真壁は缶ビールの缶を握ったまま続けた。

「事件があった夜、野口さんは夜勤で家にいなかった。それで、妻子が殺されたのは自分が守ってやれなかったからだと自分を責めていたらしい。だから、自分が楽しく暮らしてはいけないのだという贖罪《しょくざい》の思いがあったのかもしれない。そして、今年の二月に越谷からこっちに引っ越して来た」

真壁は夏美の目を見つめてきいた。

「なぜ、こっちに移って来たと思う？」

「悲しみが癒《い》えてきて、ようやく落ち着いて奥さんや子どものことを思い出すことが出来るようになったからじゃないの？」

夏美が厳しい表情で答えた。

「違う。妻子を殺した犯人の出所の時期が近づいたからだ」

夏美は固唾《かたず》を呑んだ。

「野口さんは妻子のことを思い出すためにこっちにやって来たんだ。それは、妻子が殺された恨みをさらに蘇らせるためなのだ」

「どうして。どうして、恨みを蘇らせるの?」

夏美は抗議するようにきいた。

「さっき野口さんは妻子に対して贖罪の思いがあったからわざと自分をいじめるような暮らしをしてきたと言ったけど、それだけじゃなかったのだと思う。妻子を殺された恨みを忘れないように我が身を痛めつけていたんだ」

「だから、どうしてそんな真似をするの?」

夏美は泣きそうな顔になった。

「何が言いたいの?」

「野口さんは先月いっぱいで会社を辞めている」

「新しく商売をやると言っていたわ」

「嘘だ」

「嘘?」

「野口さんはかねてからの目的に向かって動き出したのだ」

「目的って?」

「復讐だ。刑務所から出てくる土田浩樹への復讐。それが、この十年間の彼の目的だったんだ」

「そんな」

夏美は小さく呟いた。

「野口さんはガンなのでしょう。最近、時々具合が悪そうだった。そんな体で復讐なんか出来るの」

夏美は混乱したように喚《わめ》いた。

「野口さんの生きる目的は妻子の恨みを晴らすことだけだ。それさえ済ませば、もう生きていようと思わないに違いない」

頭を抱えて、

「どうしたらいいの」

と、夏美が訴えた。

「わからない。俺もどうしたらいいのかわからない」

「止《や》めさせて」

「この十年間、野口さんはそれを支えに生きて来たんだ。ガンが再発したとしたら、命も限られているかもしれない。そんな野口さんの目的を邪魔していいのか。俺にはわからないんだ」

「あのひとを殺人者にしちゃだめ」

殺人者の汚名を着ても、それを着ているのはそう長い期間ではない。ガンが野口の体を蝕《むしば》んでいるのだ。

「土田ってひとにも家族がいるんでしょう。それに、復讐なんかしたって、死んだ奥さんや子どもが喜ぶとは思えない」

野口を引き止めてくれと、夏美が訴えた。

真壁はどうするべきかわからなかった。

3

拳銃を構える野口の手が震えている。

「落ち着け」

菱川は声をかけた。

深呼吸をし、野口がもう一度構え直す。今度は銃口が揺れなかった。

中国製トカレフという拳銃である。装弾八発。中国の生産地から「黒星」と呼ばれている。菱川が知り合いの暴力団員の紹介で拳銃の密売人と接触し、その男から手にいれたのだ。

菱川は使わせる前に野口に練習をするように言った。きょうで二日目。寒風が吹きすさぶ河川敷にいてさえ、野口の額には汗が浮かんでいる。

轟音《ごうおん》が聞こえてきた。ガードの下だ。上りと下りの電車がほぼ同時に通過する。目の前は川だ。

「撃て」

菱川の声と同時に、引き金が引かれた。銃声が電車の音にかき消された。

轟音が行き過ぎ、やがて静かになった。

菱川は標的に近づいた。銃弾は標的の板を貫通した。

「よし」

菱川は叫んだ。

板を貫通し、背後にある藁《わら》に銃弾が残っていた。それを菱川はナイフで抉《えぐ》って取り出す。

証拠を残さないためだ。

「いいだろう」

菱川は野口の傍に行き、

「的に当たっている。その調子だ」

と、言った。

河川敷は暗い。が、かなたにホームレスのテントがある。聞いている人間がいたとしても、こっちの顔を見られなければ心配ない。

「もう一度」

菱川が言うと、野口は感触を確かめるようにもう一度拳銃を握り直した。

なぜ、俺はこれほど野口に肩入れをするのだろうか。妻子を殺された野口への同情か。それとも、犯人土田浩樹への怒りか。

それもある。が、それ以上に、警察や社会への怒りが強いのかもしれない。

電車の明かりが近づいて来た。野口が銃を構えた。今度は安定した構えだ。

頭上を轟音が過ぎる。銃声が電車の音に混じった。標的の板はびくともせずに銃弾は貫通していった。

さすが、トカレフの貫通力は凄《すご》い、と菱川は唸《うな》った。

近づくと、野口はびっしょり汗をかいていた。

「大丈夫か」

野口が無言で頷いた。

「少し、休もう」

菱川は草むらに腰を下ろした。

十年前、菱川は神奈川県警秦野中央署刑事課の強行犯係に所属していた。

事件発見の日の朝、現場に立った菱川は悲惨な光景に目をつぶった。母親は下半身を剝《む》き出しにされ、苦悶《くもん》に満ちた顔で絶命しており、傍らでは五歳の男の子が体を奇妙な形に曲げて事切れていた。

明らかに強姦目的の犯行であった。激しく抵抗され、殺してしまったのだろう。

捜査本部を立ち上げた段階から、夫の野口康介に疑いの目が向いていた。第一発見者を疑えというのは捜査の常道だとしても、野口には酷なことだった。

ここに昨今の社会の病根があるようだ。妻に対する夫の虐待、子ども虐待、保険金目当ての身内殺害と、家族崩壊の風潮が捜査官に先入観をもたらしたのか。

菱川は別に正義の警察官というわけではない。ただ、職業として犯罪捜査をしている。そういう人間だが、客観的にみて野口を疑うことには無理があった。

当時の野口は少年っぽさの残る、甘い顔だちをしていて、会社の女子社員にも人気があった。呑みに行っても、スナックの女の子たちにも好かれた。こういうことから、警察は野口には愛人がいて、夫婦仲が悪かったという解釈を勝手にとっていた。

野口に愛人がいたという証拠はないのに、そう決めつけていた。女がいれば、当然金に困るだろう。野口は生活費も入れず、そのことでも夫婦喧嘩《ふうふげんか》が絶えなかったであろうと想像し、その想像がそうに違いないと発展してしまった。

警察の考えがマスコミにも伝わり、以降殺された妻や野口に誹謗中傷《ひぼうちゅうしょう》が向かうことになった。

事件から二ヶ月後、住居侵入容疑で捕まった男がいた。菱川はその男を事件の関連で問い詰めた。すると、土田浩樹十九歳が野口香穂につきまとっていたと、男が口走ったのだ。

土田浩樹は所轄署生活安全課少年係の間ではかなり知られていた人間であった。すぐカッとなる性格で、中学生の頃から非行に走り、学校にも行かず、いつも盛り場をうろついていた。

十七歳のときに若い女性のアパートに乱暴目的で忍び込み、女性の激しい抵抗に遭い、逃走。女性の証言によって土田が逮捕されたことがある。

しかし、このとき人権派と呼ばれる弁護士がついて、嫌疑なしということで不起訴処分になったのだ。

弁護士は警察の不当逮捕と騒いだ。やがて、その女性の証言が変わっていった。襲ったのが土田だったか、よく覚えていないと言い出したのだ。

当時十七歳だった土田は罪を逃れたが、菱川はその後被害者の女性に会い、ほんとうは土田だったが、証言を変えたのだということを打ち明けられた。

土田の逮捕と同時に支援グループが出来、そのメンバーが被害者女性のところに毎日のように押しかけ、いいかげんな証言をして少年の一生をメチャメチャにするのかと迫ったらしい。

母子殺害事件の捜査会議で、菱川は土田への疑惑を訴えた。これにより、土田への捜査がはじまったのだ。

そして、再度の聞き込みによって、事件当夜に現場から逃げて行く土田を見ていた人間がいたことがわかった。というより、目撃者は聞き込みの刑事にその話をしていたが、その時点では野口の犯行という思い込みがあったので、その証言を無視してしまったのだ。現場に残っていた指紋も一致し、ついに土田が犯行を認め、逮捕された。が、今回も弁護士の対応は早かった。少年の逮捕の翌日に、例の大友弁護士が所轄署に駆けつけてきたのだ。

十七歳の事件のとき、ちゃんと土田に更生する機会を与えておけば、今回の事件は起きなかったかもしれないのに、大友はまたも少年の弁護をしたのだ。

土田は何度目かの取調べで、強姦目的で侵入して騒がれたので殺したという当初の供述を変えた。野口香穂とスーパーで会うたびに声をかけられ、何度か家に遊びに行ったことがあり、事件の夜は誘われて家に行ったところ、いきなり別れ話を持ち出されたので、カッとなって殺してしまったという供述になったのだ。

弁護士の入れ知恵に違いないと、警察は判断した。そして、地検は土田の供述を信用せず、強姦目的で忍び込んだという起訴事実で土田を起訴したのだ。もちろん裁判官だって、土田の身勝手な供述など信用するはずはない。そう思っていたのだ。

だが、公判に入って、大友弁護士は当初警察が被害者の夫を疑ったことを持ち出して来たのだ。

大友は法廷で、捜査を担当した警部補を呼び、当初なぜ夫の野口康介に疑いを持ったのかをきいた。その警部補は最初から野口康介を疑っていた人間である。

「野口氏には女の影がちらついているように思え、夫婦間もうまくいっていないように思えたからです」

なぜ、その警部補はそう答えたのか。おそらく、野口に対して面白くない感情があったからであろう。

野口は警察に疑われたことに抗議をしたのだ。特に、その警部補に対しては怒りをぶつけたのだ。そのことに対する反発もあったのかもしれない。

野口の疑いが晴れたあとも、警察は野口に謝罪はしなかった。正当な捜査であったとし、野口を容疑者扱いにしたことはないとマスコミに発表した。

このことで、野口はマスコミに怒りをぶつけた。野口の警察批判に、この警部補は含むところがあったのだろう。

だから、大友弁護士の質問に対して、こう答えたのだ。

「野口氏はカッとなると何をするのかわからないような性格であることがわかって、そのことからでも疑いを持ったのです」

そう証言しながら、警部補は傍聴席にいる野口康介の視線を意識しているように菱川には思えた。

「ようするに、愛人がいて妻が邪魔になった。少なくとも、そう思わせるものを野口氏が持っていたということですね」

大友は誘導するようにきく。

「そうです。近所のひとも、被害者は夫のことでこぼしていたと話していました」

検察官が異議を申し入れるより早く、傍聴席から野口が叫んだ。

「でたらめ言うな。あんたはそれでも警察官か」

野口の抗議に、裁判官が露骨に顔をしかめ、

「静かにしなさい。これ以上、騒ぎ立てると退廷を命じますよ」

と、一喝した。

このとき、大友弁護士がにんまりしたのを、菱川は傍聴席の隅から見ていた。

本来なら、警部補の証言に対して、どうしてそう思ったのか、その根拠は何かと問うべきであるはずなのに、大友はそれをしなかった。ただ、野口の人格を否定するような証言を引き出せば、その真偽などはどうでもよかったのだ。

はじめから、大友弁護士のペースで裁判は進められていった。

そして、野口を証人に呼び、大友はさらに彼の人格を踏みにじるような質問をしていったのだ。

「あなたは事件一ヶ月前の十月七日の夜、渋沢駅前にあるスナック『ゆかり』に呑みに行きましたね」

「七日かどうか、わかりませんが、同僚の送別会の流れで行きました」

「そのとき、店のアルバイトの女性とチークダンスをしたことはありますか」

「ありません。誘われて踊りましたが、チークダンスではありません」

野口は怒りを抑えて答えていた。

「踊りながら、ふたりで会う約束をしていたことはありませんか」

「ありません」

大友の質問は、野口の女関係を問題にしているが、もとよりそんなものはなかったのだ。

そういう印象を与えるだけの質問であった。

さらに、大友はきいた。

「あなたは奥さんとの夜の営みは週に何度ぐらいありましたか」

「なんでそんなことを答えなきゃならないんですか」

野口が抗議した。

「証人はきかれたことを答えてください。週に何度ですか」

野口が黙った。

「ほう答えられないのですね」

理不尽な質問だった。

野口に対する裁判官の印象はますます悪くなった。

土田の仲間と思われる少年が出廷し、大友弁護士に問われるままに、土田から被害者と付き合っていると聞かされたことがあると証言した。

さらに、被告人質問で、土田はこう答えた。

「ゲームセンターで遊んでいたら、野口さんから声をかけられたんです。主人が夜勤で留守だからと言っていました」

死者に口無しだ。土田は自分の都合のよいように話した。

「どうして、あなたに声をかけたんでしょうか」

「主人に相手をしてもらえないので寂しいんだと言っていました」

「いつもどんなところで会っていたのですか」

「ご主人の夜勤の日に、家に誘われました。最初はいやだったんですけど、だんだんこっちも平気になってきて」

「最初は、悪いことをしている、だから、やめなきゃいけないと思っていたということですか」

「そうです」

「でも、何度か被害者と情を通じるうちに、あなたの気持ちも燃えてきたというわけですね」

「そうです」

「いい加減なことを言うな」

またも傍聴席から野口が叫んだ。

「静かに。今度騒いだら退廷を命じます」

裁判長が一喝する。

大友弁護士が尋問を続けた。

「事件の夜、なぜ、被害者に会いに行ったのですか」

「今夜、主人がいないから来てくれって言われたんです」

「それで行ったのですね。あなたは、どんな思いで行ったのですか」

「いつもと同じです。また男が欲しくなって俺を呼び出したんだと思っていました」

「部屋で何があったのですか」

「いきなり別れてくれと言い出されたんです」

「あなたは、どうしましたか」

「勝手な言い種にカッとなりました。俺をさんざん弄《もてあそ》んでおいて」

「きさま、それでも人間か」

ついに野口が傍聴席の柵《さく》を乗り越えんばかりにして叫んだ。

「退廷を命じます」

裁判長の声が法廷内に轟《とどろ》き、たちまち野口は廷吏に両脇をとられながら法廷から連れ出された。

検察官の反対尋問はおざなりな感じだった。

被害者が外で土田に声をかけたというが、香穂には五歳の子どもがいるのであり、子どもをおいて外出したとは思えない。検察官がそういった点をついても、わかりませんと土田は答えるだけだ。

さらに検察官が土田の証言の信憑性《しんぴょうせい》を追及したが、やはりわかりませんの一点張り。

大友弁護士のアドバイスを受けたのか、土田は気弱そうな男を装っていた。

死刑、それがだめでも無期懲役になってしかるべきなのに、懲役九年という判決は、裁判官が弁護側の主張を全面的に受け入れたからに他ならない。

検察側は控訴しなかった。野口も控訴を希望しなかったらしい。

野口は裁判に失望したのだ。

菱川は野口の家を訪ねた。すると引っ越しをしたあとだった。会社にも行ってみたが、退社していた。

妻子を殺された上に犯人扱いされた野口はぼろぼろになっていたに違いない。

現場には土田の指紋も残っていたのだから、もっと慎重に捜査をすれば野口が疑われるようなことはなかったのだ。

菱川は憤慨し、ある新聞記者に「警察が野口氏に疑いを向けたために、その他の捜査が後手にまわってしまった。その影響から裁判も間違った方向に行ってしまった。土田の罪を軽くしてしまったのは警察の責任だ」というようなことを話したことがある。

この言葉が週刊誌に出て、警察による告発者探しがはじまり、たちまち菱川であると暴かれた。

それから、菱川の冷や飯を食う生活がはじまった。菱川は前年に離婚をし、ひとり暮らしになっていた。自分の食い扶持《ぶち》だけがあればよかったので、警察の冷遇にも堪えていけたのだ。

刑事課から生活安全課にまわされたが、野口のことは常に心にひっかかっていた。

事件から丸二年経った日、すなわち妻と子どもの祥月命日に、菱川は墓に行ってみた。しかし、朝から夕方まで待ったが、ついに野口はやって来なかった。

妻の実家を訪ねたが、三回忌に野口は顔を出したが、引っ越し先は教えてもらっていないということだった。おそらく再婚話が出ているから俺たちとはもう付き合おうとしないのだろうと、親戚《しんせき》の者が憤慨していた。

しかし、菱川はそうは思わなかった。野口の妻子に対する思いを知っている。親戚とも一切縁を切ったということで、野口の悲壮な決意に気づいたのだ。

菱川は警察官の立場を利用し、秦野市役所で捜査上必要という理由で、住民票の移動届けを閲覧した。

そして、足立区の新聞販売店に住込みで働いていることを突き止め、そこに会いに行った。

野口の顔つきは大きく変わっていた。穏やかで甘い顔だちは別人のように険しくなっていた。怒りや悲しみや絶望がそのまま顔に出て固まってしまったかのように凄《すさ》まじい変貌《へんぼう》振りだった。

捜査本部にいた人間だとわかると、野口は敵意に満ちた顔をしたが、自分に好意的な警察官だったことを思い出し、やっと部屋に入れてくれた。

部屋の中は殺風景だった。だが、部屋の隅に仏壇があり、そこに二つの位牌を見つけたとき、菱川の予想は確信に変わった。

「あんた、土田をやるつもりだな」

部屋で向かい合い、菱川は問い詰めた。

野口から返事はなかった。

「あの裁判はひどかった」

菱川は不快そうに言ったあとで、

「土田が出てくるまであと、五、六年ある。それまで待てるのか」

「そんなもんで、妻と子の恨みは消えませんよ。一生かかったって消えやしない」

「それじゃ、あんたの人生も終わりだ」

「もう終わっています」

棚にはカップラーメンやインスタントの飯、それに缶詰などが積まれている。こんな暮らしをあと五、六年間も続けるつもりなのか。いや続けられるのだろうか。

「あんたのことは誰にも言わないから安心しろ」

その日は、菱川はそのまま引き上げた。

その後、菱川にもいろいろなことが起きた。

それから三年後に秦野市からもっと海よりの市の警察署に転勤になった。

あるとき、そこの非行少年グループのリーダーを捕まえたのだ。

その非行少年グループは一人歩きのサラリーマンを鉄パイプで殴りつけて財布を奪うという事件を引き起こしていた。

その非行グループが自転車に乗った主婦に襲い掛かったとき、たまたま現場を通り掛かった菱川が目撃。その場は逃げられたが、夜になって盛り場をうろついていた少年を捕まえたのだ。

少年は抵抗した。菱川は少年を柔道の技で投げ飛ばし、なおも暴れるのを殴りつけた。

「善良な市民にそんな真似をしていいのかよ。人権蹂躙《じんけんじゅうりん》で訴えてやる」

鼻血を出しながら、少年は悪態をついた。

そのふてぶてしい態度に、菱川は我慢の限度を越えて、怒りが爆発した。土田浩樹と重なったのかもしれない。顔を思い切り殴り、立ち上がらせて一本背負いをかけた。

この光景を市民が見ていて告発したのだ。

警察のやり過ぎだという抗議が警察署に殺到した。

この世の中は不思議だ。市民は犯罪少年の肩を持つのだ。一警察官の言い分より、犯罪少年の言葉を信用する。

菱川は警察を辞めた。そのとき、野口のことを思い出したのだ。この数年間、一度とて思い出すことのなかった野口の顔が脳裏に浮かんだ。

今年の初め、再び野口を訪ねた。彼は埼玉県越谷市のクリーニング店に移っていた。野口は驚くくらいに瘦《や》せていた。頰《ほお》はそげ落ち、目の縁は窪《くぼ》んでいた。だが、目は鈍い光を放っていた。

土田の出所まであと一年を切った。決心が揺らいでいないことを悟った。

電車が通るたびに轟音と共に明かりが差す。

「ちょっときいていいか」

菱川は野口の横顔に言った。

「夏美という女のことだ」

野口が顔を向けた。

「いい女じゃないか」

た。


「関係ありません」

「しかし、彼女はあんたに気があるみたいだ」

野口は暗い川面《かわも》に目をやっている。その厳しい表情に、それ以上の話は続けられなかった。

野口に再会したとき、菱川はこうきいた。

「どうやってやるつもりだ」

「土田が刑務所から出てきたときを狙《ねら》って刃物で突き刺す」

野口は厳しい顔で言った。

「刑務所から出てきたとき？」

「そうです。奴《やつ》には娑婆《しゃば》の空気を吸わせたくないんです。本来なら一生刑務所で送るか、死刑になっているべき人間だ。たとえ、僅かな時間でもふつうの生活はさせない」

野口の表情には鬼気迫るものがあった。

「出所する日をどうやって知るつもりだ」

「時期がきたら、毎朝刑務所の前で待ち伏せする」

出所は朝早い時間に行われる。

「だめだ。いつになるかわからない。俺が調べてやる」

「えっ」

「俺の知り合いに府中刑務所の刑務官のOBがいる。そのひとに調べさせる」

「どうして？」

「俺もあんたと同じ気持ちだからさ。それから、刃物じゃだめだ。土田の体に辿り着くまでに誰かに邪魔をされる」

当然、出迎えがいる。その者たちにも妨害される危険性があると、菱川は言った。

「でも、それしかない」

「ある。拳銃を使え」

「拳銃だって？」

「そうだ。俺が用意をしてやる」

ふと人声を聞いて、菱川ははっとして声のほうを見た。女の声に続いて男の声。若い男女のようだ。黒い影が川辺に佇んだようだ。

「今夜はこれでやめておこう」

「仕方ないですね」

菱川と野口は同時に立ち上がった。

土手の下に菱川が車を止めてあった。

「どうだ、今夜は俺んとこ、泊まっていかないか。もうじきあんたともお別れだからな」

菱川が車を発進させた。

土田を殺したあと、野口はすぐに捕まる気でいる。そして、裁判で復讐の動機をぶち上げるつもりなのだ。

しかし、野口は菱川とのつながりを絶対に口にしないはずだ。拳銃も新宿の町で偶然に出会った密売人から買った。相手の顔も覚えていないと、答えるに違いない。

「菱川さんにはすっかりお世話になりました」

野口が礼を言うのに、ハンドルを握りながら菱川は、

「なあに、このくらいのことしか出来なくてすまないと思っている」

「とんでもない。それにしても、どうして私のために？」

野口が不思議そうにきいた。

「前にも言ったじゃないか。俺もあんたと同じ気持ちだって」

そう答えながら、これは俺なりの警察に対する復讐なのかもしれないと思った。

4

真壁という男がやって来てから、大友は民事の答弁書を書いていてもふと別のことを考えることが多くなっていた。

野口康介が土田浩樹に復讐をするかもしれない。真壁に言われたときには一笑に付したが、じつはあのとき内心ではどきりとしたのだ。

決してあり得ないことでないと思ったのだ。

大友がはじめて土田浩樹と会ったのは、彼が十七歳のときだ。女子大生のアパートの部屋に男が侵入し乱暴をしようとしたが騒がれて逃走。女子大生が顔を覚えていて、すぐに土田が逮捕された。

逮捕後、少年の父親から大友に弁護の依頼があったのだ。当時、大友は少年事件の弁護で名が売れていた。

少年の父親は地元の青少年育成委員会という会のリーダーだった。その会のメンバーたちからも要請を受けて、事件を引き受けたのだ。

接見室で会った土田浩樹は色白で弱々しい少年だった。第一印象はこんな少年があんな大胆な真似をするとは思えないというものだった。

土田は怯《おび》えて満足に口もきけなかった。ただ、俺はやっていないというばかりだった。

物的証拠は乏しかった。

決め手は女子大生の証言だけである。支援グループの仲間が彼女のアパートの周辺や大学まで行って、ビラを配り出した。あやふやな証言で少年を犯人扱いにするな、という内容だった。

その上で、大友は女子大生に話をききにいった。ほんとうに顔を見たのか、似ていたのを土田だと思ったのではないのか。もし間違っていたら、少年の人生を奪うことになる。その責任をとれるのか。

女子大生の証言が大きく後退したのはそれからだった。

それから二年後、今度は土田浩樹は母子殺害事件の容疑者として大友の前に現れたのだ。色白で弱々しい感じは変わりなかったが、目つきにいやしいものを感じた。

土田は犯行を認めた。だが、彼は自分は女に誘惑されたのだと訴えた。罪を認めている。だから、出来る限り彼に有利な証拠を見つけ出し、量刑を軽くするように弁護に努めた。

土田が女に誘惑されたということの立証には、当初夫の野口が疑われたことを利用した。ほんとうに野口夫妻の仲が悪かったのか。大友が調べた限りにおいては、そのようなことはなかった。だから、野口を犯人だと思い込んだ警察が恣意的《しいてき》に集めた証拠を法廷で利用したのだ。

夫婦仲が悪かったという印象を与え、土田の供述に信憑性を持たせるという作戦は成功した。

殺された被害者にも問題があったということで、懲役九年。土田は三十歳前には社会復帰出来るのだ。

刑が確定してから半年後、事務所に目つきの鋭いいかつい顔の四十過ぎの男がやって来た。菱川と名乗った男は、秦野中央署の刑事課の者だと言った。

「土田浩樹が十七歳のときに女子大生の部屋に暴行目的で侵入したのは間違いないですよ。女子大生は支援グループの人間が怖くて証言を引っ込めたと言っていました」

菱川はそう言い出したのだ。

「野口香穂母子殺害事件も同じですよ。被害者が誘惑したということになりましたが、土田が暴行目的で家に侵入し、騒がれて殺したんです」

「何を言いに来たんだね」

「別に。ただ、それを先生に言いたかっただけだ。もし、女子大生の事件のとき、土田をちゃんと捕まえておけば、母子は殺されることはなかったんですよ」

菱川という男はそれだけ言って引き上げて行った。

大友は気になって、その女子大生に会いに行った。彼女ははっきり言った。部屋に押し入ったのは土田に間違いないと。

それから、土田の仲間にきいてまわったところ、土田の仕業だと皆異口同音に言った。あんな嘘つきで、冷酷な人間はいないというのも皆の評価だった。

母子殺害事件についても、今度あの女をやってやるという言葉を聞いていた仲間がいた。その仲間は証言台には立っていない。

大友は弁護士としての使命を全うしただけで、何ら責任はないと思っている。弁護士の使命は被告人の利益を守るために弁護をすることだ。もし、土田浩樹の嘘がまかり通ったのだとしたら、それは警察や検察の責任だ。そこまで捜査出来なかった技量不足のせいだ。そうは思っても、胸の辺りに異物がつっかえているような不快感は消えなかった。土田の嘘を見抜けなかった自分への怒りが込み上げてくる。

被告人の利益を守るといっても、それは不当な利益であってはならない。

自分の弁護は間違いだったと確信したのは、土田浩樹の父親に会いに行ったときだ。父親は府中刑務所に服役した息子の面会に行っている。

父親は暗い顔で、

「あいつは刑務所ではしおらしくしているが、どうも反省していないように思える」

と、こぼしたのだ。

たとえ刑期が短縮されたとしても、土田浩樹が母子を殺害したことには変わりない。この事件によって、浩樹の妹は通っていた私立高校を中退し、親戚の家に引っ越した。その後、父親も地元にいづらくなって秦野を離れていた。

「被害者のご主人に謝罪の手紙を書くように言っても、父さんがうまく書いてくれと笑っていた」

父親は自分の息子に愛想をつかしているようだった。

「あれじゃ、社会復帰しても、また何かやりかねない」

と、父親は不安を口にした。

このとき、父親も真実を知っていることに気づいたのだ。

大友は逃げるように父親と別れ、それからは意識して、土田のことは過去のものにしようと努めた。

数年経って、すっかり土田のことを忘れていた。

少年事件を中心に、冤罪《えんざい》事件なども手がけ、最近では人権派弁護士として確固たる地位を築きつつあった。

そんなときに、真壁という男が母子殺害事件のことで訪ねてきたのだ。まるで、亡霊を見たような衝撃だった。

真壁がこう言った。そろそろ、土田が出所すると。改めて、そのことの重みに思い至った。社会復帰しても、また何かやりかねない、という父親の危惧《きぐ》が杞憂《きゆう》とは思えなかったのだ。

だが、真壁の言葉は予想外のものだった。

「遺族の野口康介が土田浩樹に復讐をするかもしれない」

野口のところにやって来ている菱川とは、大友の事務所を訊ねて来た男で、事件当時は捜査本部にいて、裁判も傍聴していた刑事に間違いない。菱川が野口に協力しているようだ。

殺意を十年間も持ち続けることは不可能だと大友は真壁に言ったが、本心では違った。法廷での野口の姿を思い出す。

被害者が土田を誘惑したという発言に対して、彼は凄まじい剣幕で抗議した。あの鬼気迫る顔は人間のものとは思えなかった。

判決後、野口は会社を辞めて、家も引っ越した。

犯罪被害者の遺族には苦しい日々が待ち構えている。妻子を奪われた怒り、妻子を失った喪失感、子どもを奪われたことは生き甲斐《がい》を奪われたと同じだ。

それでも遺族は生きていかねばならない。悲しみから立ち直らなければならない。長い時間をかけて徐々に癒《いや》されていく。あるいは、犯罪被害者の集まりに参加し、共に活動していく中で、自分を取り戻していくこともあるだろう。

だが、野口はその道をとらなかった。あえて、苦難の道を選んだ。それは怒りを持ち続けるということだ。その果てにあるのが復讐だ。

土田が出所するまで待つ。その気の長い復讐の道に、野口は足を踏み入れて行った。

それでも、たいていの人間は新たに人間関係が生まれ、新たな生き方が見つかっていくのではないか。

野口はそれさえも拒絶した暮らしをしてきたのに違いない。この十年、野口を支えてきたのはただ復讐心のみだ。

もし、野口の望む通りの極刑にならずとも、土田に無期懲役の判決が出たとしたら、野口は決して復讐など考えはしなかったであろう。

妻の人格を否定するような判決に対する怒りが復讐へと燃え上がらせたのに違いない。


翌日の午後、大友は常磐線《じょうばんせん》の取手駅の改札を出た。

土田の家族は事件後秦野市から取手に引っ越したのだ。犯人の家族もまた被害者である。父親は地元で培ってきた信用をすべて失い、取手市で細々と家具販売店をやっている。ここでは、事件のことは誰も知らないのに違いない。

水戸街道沿いに、土田の家具店があった。秦野市の店から比べると、半分以下の大きさであろう。それでも何人か従業員を使っている。

家具の並んでいる店に入り、従業員に社長への取り次ぎを頼んだ。

きのう電話で来訪を告げてあったので、土田浩樹の父親はすぐに出て来た。昔は、大柄で傲岸《ごうがん》な感じの父親だったが、今は一回り小さくなったようだ。

「お久しぶりです」

大友が挨拶《あいさつ》をすると、父親は戸惑いぎみに軽く会釈をし、

「家に行きましょう」

と言い、従業員に何事か指図をしてから外に出た。

住居は店の裏手にあった。玄関を入った横にある客間に通された。

七、八年振りで会ったが、髪は白くなり、頬もこけ、年寄りの顔だ。茶を運んできてくれた母親はまだ五十前後のはずだと思うのにもっと老けて見えた。

「浩樹くん、そろそろですね」

大友は切り出した。

「帰ってくるのがいいんだかどうか」

父親は湯飲みを持ったまま顔に苦渋の色を浮かべた。

「立派に更生して戻られてくるのですから温かく迎えてあげてください」

「そうですね」

更生という言葉を使ったが、果たして土田浩樹は更生しているのだろうか。

「出所の日は決まったのですか」

「はい。今度の水曜日、十二月八日だそうです」

「あと四日ですね。迎えに行かれるのでしょう」

「ええ、ふたりで」

彼は夫人の顔に目をやった。

「娘さんは？」

浩樹の妹のことだ。

「去年、結婚して、今東京にいます」

「そうですか」

兄の犯した罪のために学校を転校せざるを得なかった妹の魂を失ったような顔が蘇る。その彼女が幸せを摑《つか》んだのかと思うと、感慨深いものがあった。

「浩樹のことは婿には話していないんです」

大友は胸の衝《つ》かれる思いがした。

「娘もいつか打ち明けなければならないと思いながら、ずるずるときょうまで来てしまったんです」

「これから、浩樹くんはどこで？」

「我孫子《あびこ》にアパートを借りたんです。そこに住まわせようと思っています」

浩樹の出所に気持ちの整理がつかないでいる親の姿があった。

「何か浩樹くんのことで不安が？」

父親の心の内を覗《のぞ》くように、大友はきいた。

父親は険しい顔を上げた。

「あいつは本当に更生しているんですかねえ」

「どういう意味です？」

「とうとう謝罪の手紙を出していないんです」

この父親は事件当初、被害者が誘惑したから息子がこんなことをしたのだ。息子だけが悪いのではないと言っていた。裁判でもそれに近い判断をされたが、世間はちゃんと見ていた。周囲の非難の目が土田一家に集中したのだ。

世間は浩樹の言い分を信じていなかった。被害者を知る者、土田浩樹を知る者は裁判の結果に憤然としていた。

支援グループの人間とて浩樹の人間性には疑問を持っていた者ばかりだった。

あの裁判は世間の常識からかけ離れたものだった。それを演出したのは他ならぬ俺なのだと、大友は忸怩《じくじ》たる思いにかられた。

「私たちは何度か野口さんに謝罪したいと申し入れたのですが、野口さんに拒否されました。やった本人が謝らなければ何もならないということでした。その通りです。でも、浩樹はその気がなかったんです」

横から母親が口をはさんだ。

「私たちが面会に行くと、とても殊勝な態度なんですが、友達に宛《あ》てた手紙を読んでショックを受けました。ドジを踏んだけど、これからはうまくやる、という文があったんです。俺は箔《はく》をつけて出て行くんだから、また派手にやろうって。娑婆に出て真っ先にやるのは女を抱くことだって書いてありました」

母親は最後は涙声になった。

「先生。娘は怯えているんです。また、兄は何か事件を起こすと。どうなんでしょうか」

父親は訴えた。

「友達に書いたのですから、いきがっているだけじゃないんですか」

大友は慰めるつもりで言った。

「じつは先生、今まで黙っていたんですが、浩樹がスーパーの入口から店内にいる野口香穂さんのことをじっと見つめていたのを、娘が見ていたんです」

「えっ」

初耳だった。

「その後、香穂さんは浩樹の前を素通りして行った。事件の二、三日前だったそうです。浩樹と香穂さんは知り合い同士じゃなかった。娘は裁判が終わるまで誰にも言えずにいたそうです」

大友は歯噛《はが》みをした。

「面会のとき、このことを浩樹にぶつけてみました。そんなこと、どうだっていいじゃねえかと、浩樹は鼻で笑っているだけでした」

父親は苦渋に満ちた顔を向け、

「先生、浩樹は自分のやったことにまったく反省の色がないんです。そんなんで出て来て、また何かやらかすことはないんでしょうか」

返答に窮しながら、

「浩樹くんを守ってやるのは親の務めじゃないですか。あなた方がしっかり浩樹くんを受け止めてあげることが大切なのです」

と、大友はお決まりの、何ら内容のない虚《むな》しい言葉を連ねるしかなかった。

「ともかく、悪い仲間とは付き合わせないようにはしたほうがいいですね」

この両親にそんなことを要求するのは無理だろう。

「保護司の方と相談してみたらいいでしょう」

野口康介が浩樹くんに復讐をしようと出所を待ち構えていますと言ったら、この両親はどんな反応を示すだろうか。

場合によっては、このことを話し、浩樹に警戒するように呼びかけてもらおうとしたのだが、大友はあえて言うのを止めた。

なぜ、止めたのか。野口の復讐を成功させたいというより、この両親や妹の暮らしを脅かす土田浩樹を排除すべきだと考えたのだ。

両親や妹のためではない。誤った弁護をした責任から逃れるために、野口に肩入れをしたというのが本音かもしれなかった。

土田の家を辞去しながら、俺も野口の復讐に手を貸したのかもしれないと思った。

5

夏美は会社に休暇の連絡をしてからアパートを出た。課長の柘植の顔が浮かび、もうそろそろ馘首《くび》かもしれないと思いながら駅に向かった。愛甲園に行くのだ。

電車の中で、野口のことを考えた。

野口の苦悩が夏美にはよくわかった。野口はもうまっしぐらに目的に向かっている。

この十年の暮らしは壮絶なものだったに違いない。馴れない仕事。安い賃金にも何一つ文句も言わず、憩いなど何も求めない。ストイックな暮らしを続けてきた。半年前からは秦野市に移り、あえて辛い思い出の地に舞い戻ったのだ。思い出と共に怒りの炎をさらに燃やすために。

すべてある一点に目標を定めてのことだ。この十年、そのことのためだけに生きて来たのだ。自分の付け入る隙《すき》はまったくない。

胃ガンの再発の可能性があるにも拘わらず、医者に行こうとしないのも、復讐を遂げることで人生の総決算をしようとしているからだ。

そこに自分がのこのこ出て行って邪魔をする権利はない。真壁の言うとおりかもしれない。しかし、野口を殺人者にしてはならない。

野口がアパートを出て行ってから一週間経った。

あの日、ドアチャイムが鳴って出て行くと、ドアの向こうに野口が立っていた。紺のコートを羽織り、ボストンバッグを提げている。

「きょうでここを出て行くことになりました」

「きょうで？」

一瞬目が眩《くら》んだ。予期していたことでも、いざその言葉を聞くとうろたえた。

「いろいろお世話になりました。亜依ちゃんによろしくお伝えください」

「どこに行くんですか」

「まだ、決めていません。とりあえず、いっしょに商売をやる相手のところに世話になるつもりです」

菱川という男のことだ。

喉元《のどもと》まで出かかった声を呑み、

「新しいお仕事の成功を祈っております」

と、言った。

「ありがとう」

「もし、お仕事がうまくいきそうもないとわかったら、必ず私のところに戻って来てください」

夏美は答えを求めるつもりはなかった。ただ、自分の思いを伝えたかっただけだ。

「あなたもお元気で。亜依ちゃんといっしょに暮らせるよう祈っております。じゃあ」

野口が軽く頭を下げた。

もう二度と野口と会うこともないだろう。

「待ってください」

階段に向かった野口を呼び止め、コートをとってすぐに部屋を飛び出した。

「駅まで見送らせてください」

野口は何も言わなかった。

秦野橋北の交差点を渡り、水無川沿いを駅のほうに向かって歩いた。冬の空は悲しいまでに青かった。

「いつか会えますか」

思わず、口に出た。

会えるのはあの世でか。だが、あの世には野口の大切な奥さんと子どもが待っているのだ。夏美の出る幕はない。

「遠くから、あなたと亜依ちゃんのことは見守っています」

慈愛に満ちた目で、野口が言った。

駅に着いた。乗車券を買い求めたあとで、野口が別れの言葉を言おうとする前に、

「ホームまで行きます」

と、急いで入場券を買いに走った。

改札を入ってホームに下りる。空いているベンチに並んで座った。

新宿行の急行が入って来た。

「お願い。次の電車で」

立ち上がりかけた野口が黙って腰を戻した。電車の扉が閉まると、ホームに人影はなくなった。

「私、ここに来てよかったと思っています」

秦野市に引っ越して来なければ野口と巡り会うことは出来なかった。そのことがよかったのか悪かったのか。

新宿行電車が入って来た。引き止めても同じことだ。夏美のほうから立ち上がった。

野口が電車に乗り込む。

「さよなら」

夏美は笑顔を見せた。

「ありがとう。あなたのことは……」

野口の声が閉まる扉にかき消えた。

電車が動き出した。夏美は立ちすくんでいた。電車が見えなくなって、急に孤独感が襲いかかった。

何もかも終わった。

アパートに戻った。もう野口はいないのだ。夏美の前からいなくなるだけではない。この世からいなくなるのもそう遠いことではない。そう思うと、急に込み上げてくるものがあった。急いで部屋に入り、夏美は声を上げて泣いた。

気がついたとき、部屋の中は暗くなっていた。冬の日は短い。体もすっかり冷えていた。立ち上がる気力もなかった。


町田で横浜線に乗り換えて八王子に着き、バスで愛甲園に向かった。

ロビーで、亜依が学校から帰ってくるのを待った。庭の日溜《ひだ》まりに幼い子が遊んでいる。あんな小さいのに親から見捨てられたのだ。

その子がいつしか亜依の姿に変わって見えた。

亜依がお腹にいるとき、夫に愛人が出来た。実家に帰っている間、自宅マンションに女を引っ張り込んでいたのだ。

そのくせ、夫は亜依を可愛がった。夫への不満やいらだちの捌《は》け口《ぐち》がいつしか亜依に向かっていたのかもしれない。

帰って来た子どもたちの集団の真ん中辺りに亜依の姿が見えた。先生が教えたのか、亜依がこっちに歩いて来た。

「亜依ちゃん、お帰り」

亜依が不思議そうな顔をした。

「どうしたの？」

そうきいたあとで、はっと気がついた。亜依ちゃん、お帰り、などと今まで呼びかけたことはなかったような気がする。その言葉が自然に出たのだ。

「ううん。ただいま」

亜依がにこやかに隣のソファーにやってきた。いつもなら向かい側に座るのに。

亜依がじっと夏美の顔をみていた。

「何、なんかついている？」

「お母さん、感じが違う」

「違う？　どのように？」

「やさしい顔になっている」

「やさしい顔」

夏美は自分の顔に手を当てた。

自分の中で特別に変わったようなことがあったとは思えない。ただ、野口とのことがあるだけだ。

次に意外なことが起こった。亜依がすり寄ってきたのだ。そして、夏美の腕に頬を寄せてきた。亜依が自分に懐いている。そう思ったとき、無性にいとおしさが込み上げてきた。

「亜依」

夏美は夢中で亜依を自分の胸に抱きしめた。

「亜依。お母さんのところに戻って来て。いっしょに暮らそう」

今なら亜依を愛せる。そう思った。

「亜依もお母さんの傍にいたい」

ふと気づくと、桜井が傍に立っていた。

「亜依ちゃん、よかったね」

桜井が声をかけた。

「先生、ありがとうございます。亜依が私といっしょに暮らすと言ってくれました」

「お母さん。もうだいじょうぶですよ」

桜井は目元を笑わせていた。

「こんな亜依ちゃんを見たのは初めてです。子どもは正直なのです。敏感なんです」

桜井には、夏美が何かはわからないが、何かに吹っ切れたのだと映ったかもしれない。

だが、夏美は自分が変わったとすれば野口の生き方に衝撃を受けたせいかもしれないと思った。

野口の何にひかれていたのか、今夏美は理解出来るようになった。野口の家族への凄まじいまでの愛情だ。

十年間も復讐の念を持ち続けてきたのは妻子に対する愛情以外の何物でもない。命を削るような愛情が自分の中にも生まれつつあるような気がした。自分の腹を痛めて生んだ子だ。可愛くないはずはない。

「先生。この子を引き取りたい。勝手言ってすみません。どうか、亜依といっしょに暮らせるようにしてください」

「わかりました。いいね、亜依ちゃん」

「うん」

亜依が明るく元気に答えてくれた。

友達にも話してくると言って、亜依が奥に駆けて行った。仲のよい子に報告をするのだろう。亜依の走って行く後ろ姿を見て、改めて野口のことが蘇って来た。

殺人者にしてはならない。亡くなった奥さんと子どももそう思っているはずだ。夏美はなんとかして止めさせようと思い、ロビーの隅にある電話に急いだ。今自分が頼るのは真壁しかいないのだと思いながら、真壁の携帯に電話をした。

6

夏美から電話がかかってきたのは昼過ぎだった。愛甲園に来ていると言ったあとで、彼女はまくし立てるように言った。

「野口さんの十年間の思いを叶《かな》えさせてあげるのがいいのかとも思ったけど、今やっとわかったの。あのひとを止めたいの。助けたいの。お願い、土田というひとがいつ出所するのか調べて」

ほんとうに野口が復讐をしようとしているのか。はっきり本人から聞いたわけではない。ただ、状況がそう判断させているに過ぎない。

だから、ある意味では真壁は傍観の立場を取った。いや、心情的には野口の行動に理解を示していたのだ。判決後から今日までの約九年間、野口は復讐心を保ち続けてきた。そのために安らぎというものを一切排除し、ひととの交わりを避け、孤高を持してきたのだ。

そんな男の命を賭《と》した決意を誰も止めようはない。そう自分に言い聞かせてきたのだ。ただ、傍観者であるという負い目にひとり耐えきれず、そのことを土田浩樹の弁護人だった大友弁護士に、さらに夏美にも打ち明けたのだ。

「やっと気づいたんです。復讐したって、死んだ奥さんや子どもは喜ばないって。奥さんや子どもは野口さんが元気で暮らしてくれることを望んでいるはずです」

「しかし、そのためにこの十年近くを生きてきたんじゃないのか。止めろということは彼のこの九年間を無駄にするに等しいかもしれない」

真壁は夏美に反論して言ったが、自分でもどうしたらよいのかわからないのだ。

「それでも止めて欲しいんです。無駄でも」

真壁は戸惑いを隠せなかった。約九年という歳月を無駄にしてでも、復讐を止めろという。もう一度、彼女は言った。

「土田浩樹を殺しても、奥さんや子どもはちっとも喜ばないはずです」

そうだろうか。野口の妻子は自分の恨みを晴らしてくれることより、野口に元気で長生きをして欲しいと望むだろうか。真壁はわからなかった。

野口にしても妻の香穂にしても、健全な子ども時代を送ってきた人間だ。そのふたりの間に出来た子は健やかに育ってきた。

虐待する親、崩壊する家庭とはまったく対極に位置する、ごく普通であるが幸福な一家だった。その家族が突然の闖入者《ちんにゅうしゃ》によって崩壊していったのだ。

その元凶である土田浩樹に対する復讐の機会がやっと目前に迫ってきた。それを邪魔する権利は俺にはない。それが、真壁の結論だった。

ただ、夏美の悲痛な叫びが耳朶《じだ》に残っている。しかし、野口の復讐に待ったをかけることが出来るだろうか。出来ないと思いながらも、彼女の懸命の訴えが胸に響く。

大友弁護士の事務所に電話をした。しかし、外出中だった。至急連絡をとりたいので、携帯に電話をくださいと事務員に頼んだ。

だが、三十分も待ったが、大友から電話はなかった。事務員はすぐに連絡をとると言っていたが。

真壁はアパートを飛び出した。鶴川駅まで駆け、小田急線で新宿に出る。JRに乗り換えて四谷にある大友の事務所に向かった。

大友は真壁を避けているような気がした。案外と事務所にいるのではないかと思って事務所に駆け込んだが、大友はまだ戻っていなかった。

真壁は待たせてもらうことにした。日が落ち、暗くなってから、大友がやっと引き上げて来た。

応接セットのソファーから立ち上がった真壁を見て、大友は微《かす》かに顔をしかめた。

執務室に入って行く大友を追いかけた。

「申し訳ありません。どうしても確かめたいことがありましたので」

「何でしょうか」

執務机に鞄《かばん》を置いてから、大友は振り返った。

「先生は土田浩樹の父親に会いに行ったのですか」

「いえ。行ってません」

「じゃあ、野口さんのことを話していないのですか」

「この前も言いましたが、私は野口さんがばかな真似をするとは思っていません。ですから、そんな話をする必要を感じていないんですよ」

「もし、野口さんがほんとうに復讐したらどうしますか」

「ですから、そんなことはあり得ないと申しているのです」

大友が強い口調で言った。

「土田浩樹の出所の日を教えてください」

「私は知りません」

「土田の父親に電話をしてきいていただけませんか。先生なら答えてくれるはずです」

「なぜ、私が？」

「先生。野口は本気なんです。本気で、土田に復讐をするつもりなんです」

「あなたの気持ちもわからんではないですが、土田の父親のほうから言ってくるならともかく、私のほうから連絡をとるつもりはありません」

真壁は食い下がった。

「それでは、土田の父親の連絡先を教えていただけませんか」

「会いに行って、あなたの息子の出所日を教えてくれときくつもりですか。いきなり、見知らぬ人間がやって来て、そんなことを訊《たず》ねられたら、どうなると思いますか。あなたに反感を抱《いだ》くだけだと思いませんか。ことに、あなたはライターなのでしょう」

「しかし、ことは出所する息子の命に関わることじゃないですか」

「真壁さん」

大友はうんざりしたように、

「土田の両親は、事件後、秦野市からどこかへ引っ越して行ったんです。地元にはいられないからですよ。新しい場所で、おそらく事件のことは周囲に隠して生活しているはずです。そういうところに乗り込んで行って、ことを荒立てようとするのですか」

真壁が口をはさもうとするのを、大友は手を上げて制止し、

「ある意味では、土田の両親、それにたったひとりの妹も被害者なのですよ。野口さんほどではないにしろ、犯人の家族も過酷な状況に追い込まれているんです」

これ以上粘っても無駄だと思った。

「わかりました」

真壁は諦めた。

大友はほっとしたような表情になってから、

「なぜ、今になってそんなことを知ろうとしたのですか」

と、不思議そうにきいた。

「野口さんのことを心配している女性がいるんです。彼女から頼まれたんです。野口さんを止めて欲しいと」

「それで、あなたは野口さんの引き止め役を引き受けたというわけですか」

「いえ。私にはそんな力はありません。万が一、野口さんの復讐を止めさせることが出来るとしたら彼女しかいないと思います。私はすべて彼女に託そうと思っています」

失礼しますと言い、真壁は事務所を出た。

出所日を知ることが出来なければ、明日からでも毎朝、刑務所の門で待機していなければならないかもしれない。

刑務所に頼んでも教えてくれるとは思えない。そう思ったとき、脳裏を過ったのは菱川という男が会っていた元刑務官だ。

時間の猶予はない。真壁は元刑務官の守口伝次郎のところに向かった。

山手線を西日暮里《にしにっぽり》でおり、千代田線に乗り換え、町屋に出た。そこから、尾竹橋通りを尾竹橋に向かって急いだ。夕闇が迫り、商店街には買い物客の姿が目立つ。

隅田川の手前を右手に折れる。記憶にある道を辿って、守口の家の前にやって来た。

玄関に明かりが灯《とも》っている。真壁は門柱にあるインターホンを押した。しばらくして、婦人の声が聞こえた。

「菱川さんの使いの者ですが、伝次郎さんにお会いしたいのですが」

しばらくして玄関が開き、守口伝次郎が訝《いぶか》しげな表情で顔を覗かせた。面長のいかめしい顔つきだ。

「突然、押しかけて申し訳ありません。急を要することなので」

真壁は言い、

「外のほうがよろしいでしょうか」

と、きいた。

一瞬戸惑いの表情を見せたあと、守口は奥さんらしい婦人に何か言い、いったん奥に戻ってから上着を羽織ってやって来た。

並んで歩くと、真壁より一回り大きい。肩幅ががっしりしている。

人気のない場所を選び、真壁は近くのアパートの裏手にまわった。

「いったいどういうことですか。家には押しかけてこないという約束じゃないですか」

ふいに立ち止まった守口が抗議するように言った。

「申し訳ありません。菱川さんの使いというのは嘘なんです」

「嘘だって。どういうことなんだ」

「菱川さんはあなたに土田浩樹の出所日時をきいていたのですね」

守口は声を呑んだ。

「あんたは誰なんだ？」

「野口康介の知り合いの者です」

「野口って誰だ?」

「あなたは知っているはずです。花園神社で菱川さんといっしょに会うことになっていたんじゃありませんか」

あっと、守口は声を上げた。

「土田浩樹の出所はいつなのか、教えてください。お願いします」

「あんたは何か勘違いしている。菱川さんとはそんな付き合いじゃない」

「どうして、菱川さんがあなたに出所時期をきいていたかわかりますか」

「そんなんじゃないって言っているだろう。不愉快だ。帰らせてもらう」

守口が顔を上気させて踵《きびす》を返した。

「野口康介は土田浩樹に復讐をするつもりなんですよ」

守口が立ち止まって振り返った。

「刑務所から出て来たところを殺すつもりなのです。菱川さんは野口さんにその協力をしているんです」

「嘘だ。菱川さんは土田に野口さんの前で謝らせるためと言っていた」

「ほんとうにそんなことを信じているのですか」

守口が返答に詰まったように唇を嚙んだ。

「ほんとうは、あなたも野口さんの目的を知っているんじゃないんですか」

守口は厳しい表情になった。

「お願いします。教えてください。いつ、出て来るのですか」

守口は茫然としている。

「あなたも復讐に加担したことになる。いいんですか」

「俺たちは服役した奴らを立派に更生させて社会に送り出したいと思ってやっているんだ。土田だってそうだ。更生して出て行くのだと信じている」

夢中で訴えてから、守口は苦しそうに息を荒らげた。

「このままでは新たな不幸が起きてしまいます。教えてください」

「それなら警察に言えばいいだろう」

「警察に言うつもりはありません。警察の手を借りて復讐を止めても、それで助かるのは土田浩樹の命だけです。野口さんは救われない。野口さんを救うには自らの意志で復讐を断念してもらうしかない。それが出来なければ、私は野口さんの復讐を黙って見過ごすつもりです」

「あの男に復讐を断念させることなど誰にも出来やしない」

「いえ、ひとりだけいます。いや、ふたり。母と子が」

守口が不思議そうな表情をした。

「私はその母子にかけてみたいんです。それでも、野口さんが復讐をするというなら、私も復讐に加担します」

何か言いかけた口を閉ざし、守口が顔を背けた。

「明日の朝だ。十二月八日の朝六時、府中刑務所の裏門から出てくる」

「明日……」

真壁は呻《うめ》くように言ってから、

「守口さん。ありがとうございました」

守口と別れると、すぐに携帯を取り出し、夏美のところに電話を入れた。

7

鳥の囀《さえず》りのような目覚まし時計の音に、野口は目を開けた。まだ、外は暗い。

明かりを点けると、サイドテーブルに置いた家族三人の写真が浮かび上がった。

野口は写真を手にとった。桜の季節に弘法山公園に行ったときのものだ。香穂のやさしい笑顔、康一の無邪気な顔が野口に何かを語りかけているようだ。

楽しかった日々が蘇り、顔が自然に綻《ほころ》んだ。

「きょうお医者に行ってきたの」

「どこか悪いのか」

「違うわよ。出来たのよ。子どもが」

香穂のこぼれるような笑顔に、野口は頭が真っ白になった。

俺が父親か。ほんとうに父親になるのか。実感が伴わなかったが、産科に付き添い、香穂の腹部が徐々に膨らみ出していくにつれ、新しい未知の世界に足を踏み込んで行くような感動があった。

香穂とふたりだけの人生に新しい生命《いのち》が加わったということは、それまでの人生観を一変されるに等しかった。

胎児の画像から男の子の可能性があると言われていたが、いざ男の子が生まれてみると、まるで自分自身が赤ん坊に返って人生をやりはじめるような錯覚がした。生命の神秘さに驚嘆をし、そこに自分の生きてきた証《あか》しを見出し、感慨に打ち震えてしまったのだ。

会社から帰ってくると、康一を風呂にいれるのが日課になった。おしめを取り替え、ミルクを呑ませる。

人差し指を小さな手のひらに置くと、懸命に握ってこようとした。抱っこをすると、しがみついてくる。この子を生涯守って行くのだと、いつも思ったものだ。

それなのに、俺は守ってやることが出来なかった。土田浩樹のために幼い命を奪われた。どんなに恐ろしかったか。おそらく、パパ、パパと夢中で叫び、助けを求めたであろうに、俺はその場にいなかったのだ。

野口は新たな悲しみが込み上げてきた。

せめての救いが母親といっしょだったことだ。だが、それは悲しい救いだった。香穂も、必死に助けを求めたであろうに、何もしてやることが出来なかったのだ。

香穂とは職場結婚だった。明るい女性で、彼女の愛くるしい笑顔は皆を魅了した。仕事でペアを組み、会社ではいつもいっしょに行動することが多く、いつの間にか食事をし、酒を呑みに行くような仲になっていた。プロポーズは酒を呑みながらだったが、彼女は黙って頷いてくれた。香穂のような女を妻に出来る自分を幸せ者だと思った。

香穂には相当な好条件の縁談がたくさんあったようだ。彼女だったらその気になれば贅《ぜい》沢《たく》な暮らしも夢ではなかったはずだ。それなのに、自分を選んだのだ。

俺と結婚したことが彼女の不幸を招いたのかもしれない。別の男と結婚していれば粗末な一軒家などではなく、もっと防犯設備のしっかりしたマンションで暮らすことが出来ただろう。そうすれば、土田のような男に忍び込まれることもなかったのだ。

そう思うと、香穂に対しても申し訳ない気持ちでいっぱいになる。

「もうすぐ、そっちに行くからな」

野口はまた呼びかけた。

写真を戻し、窓辺に立った。厚地のカーテンを開ける。

武蔵野線《むさしのせん》北府中駅の近くにあるビジネスホテルの部屋から、線路の向こうの東芝府中工場が望めるが、今は闇に沈んでいる。

この窓からでは府中刑務所は見えない。

きのう、下見のために府中刑務所の前を歩いてみた。おそらく土田の親が迎えに来るのだろう。車で来るか、あるいは電車か。

車の場合には、車に乗り込むまでが勝負だ。電車で帰る場合には駅に着くまでに襲えばいい。いずれにしろ、犯行後に逃走するつもりはない。潔く法の裁きを受ける。そして、なぜこのような復讐に走ったかの心情を訴えるつもりだ。

裁判でも、その点を主張するつもりだ。警察で主張するより、公開が原則の裁判で、心情を訴えるほうが世間には正確に伝わるだろう。妻子を殺された男が犯人の出所を待って復讐を遂げたとなればマスコミも注目してくれるに違いない。

しかし、自分の体がいつまでもつかは自信がない。胃の痛みはときに激しく襲い掛かる。ともかくも、命の果てるまで自分の心情を訴える。それが、香穂の人格をおとしめるような判決を下した裁判官や警察などに対する復讐でもあるのだ。

まだ空がしらみ出す気配はない。長い夜はまだ続いている。

野口はシャワーを浴び、支度にかかった。拳銃を取り出す。中国製のトカレフの重みは手に馴染んでいる。

弾《たま》は八発入っている。至近距離で撃つのであり、狙いを外さない自信はあるが、他の者を巻き添えにしてはならない。

拳銃に布をかぶせて上着の内側のポケットに仕舞った。

五時少し前、野口はホテルをチェックアウトした。

外に出た瞬間、冷気が全身を包んだ。まだ夜の明けきらぬ府中街道を歩き出した。街灯の明かりが野口の淡い影を路上に映している。

いよいよそのときがやって来た。復讐の一念できょうまで生き長らえて来たと言ってもいい。もし、この一念がなかったならば、とうに自殺をしていただろう。事実、どうしようもないほどの寂しさや虚しさに襲われ、衝動的に自殺に向かいかけたことは一度や二度ではなかった。その都度、妻と子の無念さを思い出し、踏みとどまったのだ。今、やっと妻と子の恨みを晴らすことが出来るときがやって来た。

不思議なことに、気負いなどなく、冷静な気持ちだった。この落ち着きは自分でも予想外のことだった。

監視塔も気にならない。

微かに空の色がしらみ出してきたようだが、まだ辺りは暗い。

土田浩樹が出て来ると思われる門に近い塀際に、黒い車が停《と》まっているのが見えた。土田の迎えだと思った。

野口は物陰に隠れた。刑務所から三十メートル以上離れている。腕時計に目をやる。五時をまわった。まだ出て来るまで一時間近くあった。

今日まで、土田浩樹から謝罪の手紙が来ることはなかった。そんな男が罪の反省をしているとは思えない。

社会復帰をしたら、たちまち服役中のことなど忘れ、ましてや香穂や康一のことを思い出すことなく、平然と社会生活を送るに違いない。

時計の針が六時に近づくにつれて、だんだん落ち着かなくなってきた。さっきまであれほど冷静だったものが、どうしたというのか。胸の鼓動が早くなってきた。

落ち着けと自分に言い聞かす。深呼吸をすると、どうにか胸の動悸《どうき》は収まってきた。

野口は内ポケットに手を入れ、拳銃の感触を確かめた。

香穂と、康一の将来について語り合ったことがあった。まだ五歳なのに、ふたりの夢は膨らんでいた。国際社会で活躍出来る人間になってもらいたいというのが、ふたりの一致した意見だった。

もちろん、康一は何の苦労もなく育て上げられたわけではない。夜泣きをすれば隣り近所の住民に迷惑がかかるから、そのたびに抱っこをしてあやしたり、インフルエンザに罹《かか》って高熱を発して病院に駆け込んだり、だだをこねて何も言うことをきいてくれないこともあった。

そういう苦労を経験するごとに康一への愛情が深まっていったのだ。

辺りがだいぶ白くなった。すると、前方で動きがあった。黒い車の後部座席から男女が下りて来た。共に五十代、おそらく土田浩樹の両親であろう。それから、運転席から下り立った中年の男は保護司かもしれない。

腕時計を見ると六時五分前だった。野口は深く深呼吸をした。

六時をまわったが、まだ刑務所の鉄扉は開かない。

六時十分。ついに鉄扉が動いた。野口は一歩前に出た。

刑務官らしき男のあとから、オーバーコートを羽織り、手に風呂敷包みを持った男が出て来た。野口は内ポケットから拳銃を抜き出した。その上を布で覆う。

法廷で、あるときは悪びれたふうもなく傍聴席を見回し、あるいは気弱そうに俯《うつむ》き、またあるときには裁判長の前で反省の態度を示しながら被告人席に戻るときに薄ら笑いを浮かべていた。

あの当時、十九歳だった土田浩樹との間には傍聴席の柵があったが、今は彼との間を遮るものは何もない。

ふたりの刑務官が土田に何か言っている。土田が頭を下げ、踵を返した。土田が両親の元に歩いてきた。

刑務官が見ている。野口はゆっくり歩を進めた。土田との距離が徐々にせばまる。右手を上げ、野口は布をかぶせたままの拳銃を構えた。刑務官のひとりがいぶかしそうにこっちに目をやっているのがわかった。

土田は両親のあとに従い、車のほうに向かった。土田の体が母親の陰に入る。野口は横に移動した。土田との距離は十メートル内に近づく。

そして、ついに間違いなく命中させることの出来る射程に入った。野口が万感の思いを込めて引き金に手をかけたとき、子どもの声を聞いた。

「おじさん、やめて」

一瞬気が緩んだ。

野口は声のほうを振り向いた。

朝焼けの中に女の子が駆けてくる光景が浮かび上がった。亜依に似ていた。夢を見ているように現実感がなかった。その背後に夏美がいた。

夏美と亜依の姿が香穂と康一の姿に変わった。

「パパ、やめて」

康一の声を聞いた。

「あなた、だめよ。あなたには私たちのぶんも生きていてもらいたいの」

「何を言うんだ。俺はおまえたちに酷いことをした奴の仕返しをしてから、そっちに行くつもりだ。そっちでまた親子三人で暮らそう」

「だめ。そんなことをしてもちっともうれしくない」

香穂が泣き叫ぶ。

「だめ、やめて。そんなことをしても奥さんやお子さんは喜ばないわ」

香穂の顔が夏美に変わっていた。

夏美が駆け寄り、野口の拳銃を持つ手にしがみついた。野口はされるがままになっていた。亜依も野口にすがりついてきた。

「野口のおじさん」

「亜依ちゃん」

野口は左手で亜依を抱きしめた。

「奥さんとお子さんの気持ちが私にはわかります。ふたりとも、野口さんには生きて欲しいと願っているはずです。復讐なんて望んでいません。野口さんが幸福になることをあの世から祈っているはずです」

「おじさん。弘法山公園に連れて行ってくれると約束してくれたでしょう」

車のエンジンの音がして顔を向けた。保護司らしい男が運転席に乗り込み、両親は後部座席に乗り込んだ。最後に、土田が両親の隣に乗り込もうとしているところだった。

野口が見ていると、ドアの把手《とって》に手を当てたまま土田が振り返ってこっちを見た。一瞬、土田と目がかち合ったような気がしたが、彼は何事もなかったかのように車に乗り込んだ。

車がゆっくり動き出し、野口たちの前を通って行った。後部座席の窓から土田が不思議そうな顔を向けていた。

終わった。すべてが終わったと思った。苦しかった。これで楽になれる。

「香穂、康一。父さんはおまえたちの仇《かたき》をとれなかった。許してくれるか。もうじきそっちに行くからな」

野口は朝焼けの空に向かって心の内で叫んでいた。

解説

小《お》椰《なぎ》治《はる》宣《のぶ》（文芸評論家）

読売新聞社が実施した「家族」に関する全国世論調査（平成十六年十二月実施）によると、いま大切なものとして「家族」と答えた人は、九割に上っている。だが、家族の絆やまとまりが「弱くなってきている」と思っている人は八四％にも達しているというのだ。

そんな時代だからこそ、小杉健治の小説は輝きを増してきていると言えるのではあるまいか。とくに最近の著者は、この「弱くなってきている」家族の、とりわけ親子の絆をテーマとした作品に全力で取り組んでいる——私にはそう思えるからだ。もっとも著者の代表作の一つが『絆』（昭和六二年度日本推理作家協会賞長編部門賞受賞作）というタイトルをもっていることを考えると、これは何ら不思議ではないことなのかもしれないが。

平成十五年一月に刊行された『父と子の旅路』（双葉社）の「あとがき」の冒頭で著者は、次のように述べている。

「親が子を虐待し、子が親を殺すという目を覆いたくなるような事件が目につき、改めて親と子の絆というものを考えないわけにはいきませんが、子を想う親の心はいつの世も変わらないはずです」

無罪でありながら死刑囚として二十六年の獄中生活を送ってきた父。その心を支配していたのは、我が子の幸福を願う想い、ただそれだけだった。冤罪事件を扱っていながらも、『父と子の旅路』の核にあるのは、子に対する父の、死刑をも厭わない無償の愛だったといえる。そして、この作品は「小杉健治の世界」を新たな境地へ向かわせる始点でもあった。「あとがき」の最後で語られる一節がそれを裏付けてもいる。

「私自身の作家生活の流れの中でいえば、平成十三年に長年暖めていた東京大空襲をテーマにした『灰の男』という作品を上梓し、そして『残照』という、戦争の影をひきずった内容のものを書き上げ、一つの区切りがついたような気がし、これからまた一から出発するつもりでチャレンジしたのが本書であると言えます」

その延長線上に書かれたのが、次の作品『父からの手紙』（NHK出版、平成十五年七月）であった。失踪した父から誕生日のたびに十年間途絶えることなく届く手紙、そこには、子供たちの幸福を願い、いつも傍で見守っていたいと望む父の切ない心情が籠っていた。その手紙に隠された意外な真相こそ、家族の絆を究極の形で表したものであったともいえる。

そして、本書『水無川』もまた、前二作と同じ系列の作品だ。そのタイトルからはちょっと想像できない「ドラマ」が本書には埋め込まれている。その核にあるのは、家族への無上の愛だ。作者は、それを大上段に振りかぶるのではなく、淡々とした筆致で描き出していく。それが、読後に大いなる余韻を生む源泉ともなっているのではあるが。

では、本書の中味をみていくことにしよう。

小学校の教師であった真壁義彦には、忘れたくとも拭い去れない過去があった。自分のクラスの男の子が母親に虐待されて死んだのだ。それを防ぐことが出来なかった。その慚《ざん》愧《き》の念が、常に真壁の脳裏から離れることがなかった。

世間の攻撃を一身に受け、教師を辞した真壁は、教え子の事件をノンフィクションとして出版した。子供虐待の実態を世間に知らしめたいという思いと、彼をスケープゴートにし、誰も責任を取ろうとしない学校や世間に対する怒りもそこにはあった。その当時は、ノンフィクションライターとなって、教師の道を奪い取った理不尽な社会を見返してやりたいという闘志も漲《みなぎ》っていたのだが、現実はそう甘くはない。本が出版されて二年たったが、雑誌のライターの仕事や進学塾でのアルバイトをしなければ食べていけず、教え子の死は相変わらず真壁の心を縛り続けてもいたのである。

その真壁が児童養護施設の取材をしていて知り合ったのが、川島夏美だった。彼女にも子供虐待という暗い過去があった。お互いの傷を舐め合うように二人が付き合うようになって一年。失踪した夫との間にまだ離婚が成立していない夏美は、真壁との同居に踏み切れずにいる。娘も養護施設に預けたままだ。

という導入部からは、本書の主題が「児童虐待」にあるのではないか、と当然思い込んでしまう。たしかに、「児童虐待」は本書の横糸ではある。だが縦糸にはもう一つの、そしてもっと激烈な「物語」が隠されていたのだ。

その「物語」の主役は、本書の導入部では目立たぬ形で登場する。夏美が引っ越した先のアパートの隣人だ。その男、野口に対する真壁の最初の印象はこういったものであった。

「眼窩は窪み、尖った岩のように頬骨が突き出ていた。濃い髭の生じた顔は、暗く沈み、呻いているように思えた。(中略)虚ろな目というわけではないが、他人を寄せつけまいとするかのように鈍く光っていた」

ところが、真壁は夏美を訪ねるたびに出会う野口の存在が、次第に気にかかるようになっていった。夏美が、野口のもつ暗さに心を引かれていくのではないか、そんな不安がよぎったからである。だが、それだけではない。

「あの男の醸し出す暗さか。ただの暗さではない。闇の底のような暗さだ。その暗い奥底に何か赤く燃えているものがある。それはマグマのように烈しく燃えている」

真壁を引き寄せるのは、その何かなのか。では、その「何か」の正体とは？　彼の過去にいったい何があったというのか。野口とはそもそも何者なのか。彼の周囲には目付きの鋭い堅気《かたぎ》とは思えない男の影もちらついている。真壁は、野口の過去を調べ始めた。

一方、夏美は養護施設から一時帰宅していた娘を再び虐待してしまったが、それを救ってくれた野口に次第に心を引かれていっていた。娘も野口には父親のように懐いていたのだ。子供に対する優しいまなざしと、普段のあの底知れない暗い眼の色、そこに野口の秘密の一端が隠されているのかもしれない。

やがて真壁の調査によって、野口の正体が少しずつ暴かれていく。薄いベールが剝がされていくように、野口を覆っていた固い殻が徐々に取り除かれていくにつれて、最初の印象とはまったく異なる、彼の実像が見えてくる。そこが、本書の読み所でもあるのだ。

十年前に野口の身に起こった出来事、それが発端だった。その後、野口はある目的のためだけに生きてきた。それが、彼を今まで生かしてきたともいえる。そうした野口の生きざまが、児童虐待の経験をもつ夏美や、教え子の虐待死を防ぎ切れなかった真壁をどう変えていくのか。逆に、この二人、あるいは夏美の娘・亜依を加えた三人は、野口のかたくなな心を変えることができるのであろうか。

読者は読み進むにしたがって、つまり最初は得体の知れなかった野口がその輪郭をはっきりさせていくにつれて、次第に彼と同化していることを意識するはずだ。私自身もそうであった。彼の慟哭《どうこく》が自らのものとなり、彼の目的は自ら果たさねばならぬ使命となっていく。それは、読者自身が「家族の絆」を大切にしている証左でもある。

さて、本書の結末をどう締めくくるか。作者には少なくとも二つの選択肢があったはずである。そのどちらにすべきか、作者は果たして迷ったのか、それとも最初からこの結末に決めていたのか、気になるところではある。

だが、野口が小説の一登場人物の域を超えて、実存として私の（そしておそらく読者の）心を占拠してしまった今、この結末しか有り得ないのではないか。私にはそう思えるのである。

それでは、「魂の宿った小説」の世界をじっくりと味わっていただきたい。

本書はフィクションであり、実在する個人、団体等とはいっさい関係ありません。

小杉健治の本

絆

夫殺し！　罪を認めた妻の供述に不審な点を発見。いったい何を隠そうとするのか。被告人絶対不利の状況で、法の下の真実を追求して原島弁護士が立ち上がる。法廷ミステリー。

集英社文庫

小杉健治の本

二重裁判

東京高輪で起きた殺人事件。容疑者の克彦は、無実を叫びながら獄中で自殺した。マスコミが騒ぎ、殺人者にしたてられた兄の汚名をはらすため、妹の秀美が打った奇策とは——。

小杉健治の本

最終鑑定

法医学鑑定はどこまで真実を語りうるのか――。異なる鑑定を行い、激しく対立する2人の男の確執。有罪か、無罪か。仕組まれた変死事件を通して、法医学の闇をえぐるミステリー。

小杉健治の本

検察者

事故ではない、殺人だ⁉ いったん不起訴になった〝企業研修シゴキ死亡事件〟にひそむ恐るべき真実とは？「検察審査会」を題材に、人間の心の闇に迫る社会派ミステリー。

集英社文庫

小杉健治の本

宿敵

正義か、野望か!? 「全日本弁護士連合会」の会長の座をめぐる熾烈な闘いが、ついに殺人事件を招いた? 暗躍している人物は——。弁護士の実態、法曹界の真実を衝く傑作ミステリー。

小杉健治の本

それぞれの断崖

中学生の息子が同級生に殺された！　しかし犯人は少年法で〝守られて〟いる。やり場のない怒り、長男の死の衝撃で崩壊した家庭……。被害者と加害者の家族の苦悩と、再生を描く力作。

集英社文庫

小杉健治の本

黙秘

裁判員裁判

内堀は、5年前娘を殺された。犯人の中下が刑期を終えて出所したあと殺害され、内堀に容疑がかかる。無実を信じる弁護士、裁判員となった6人。真実を求め闘う法廷ミステリー。

小杉健治の本

疑惑

裁判員裁判

保窪は、保険金詐取目的の妻殺害容疑で逮捕起訴された。被告が二度保険金を受け取った過去があることから、殺人事件とする検察と、無罪とする弁護人が対立。裁判員たちは……。

小杉健治の本

覚悟

川原は、同僚殺害容疑で逮捕起訴された。弁護士の鶴見は、川原の無実を信じ、彼の故郷・小倉へ飛ぶ。すると思わぬ過去が……。真実と正義のために闘う迫真のミステリー。書き下ろし。

集英社文庫

小杉健治の本

冤罪

銀座ホステス美奈子と関係のあった男が練炭自殺。さらに周囲の男が何人も死んでいる事が判明した。悪女か、聖女か？　魔性に翻弄されながらも弁護士は驚愕の真相へ。長編ミステリー。

集英社文庫

水無川《みずなしがわ》

2005年2月25日　第1刷
2013年11月6日　第5刷

定価はカバーに表示してあります。

著　者　小杉健治《こすぎけんじ》

発行者　加藤　潤

発行所　株式会社　集英社
東京都千代田区一ツ橋2-5-10　〒101-8050
電話　03-3230-6095（編集部）
03-3230-6393（販売部）
03-3230-6080（読者係）

印　刷　大日本印刷株式会社

製　本　大日本印刷株式会社

フォーマットデザイン　アリヤマデザインストア　　マークデザイン　居山浩二

ISBN978-4-08-747790-0 C0193